雪の華
Snow flower

No.1/2
No.1/2

POLKA

雪の華

岡田惠和・脚本　国井 桂・ノベライズ

幻冬舎文庫

雪の華

私の願いは叶いますか？
私が欲しいものは恋だと
愛する人とともに過ごす時間だと
言葉にして　声に出せば
いつかあの人に届くのでしょうか

★

ここへ来たのは、私にとって人生の大きな賭けだった。

あれを見ることができれば、きっと私は大丈夫。大きなことは望まない。せめて唯一の家族となってしまった母を、これ以上悲しませることがありませんように。

深い森も、野原も、そこにあるはずの湖すらも純白の雪と氷に覆われていた。

地平線すれすれの冬の太陽が沈むと、空はパープルからピンクに、そして薄いオレンジの層を成した後、ゆっくりと深くて暗い青色に染まった。

ここはフィンランド北部ラップランドの、レヴィというスキーリゾート地にある小さな町シルッカ。

今あたりは靄（もや）に包まれ、空は曇っている。昨夜、そして、その前の夜と同じように。

もうここに何時間立っているのだろう。

「今日は暖かい」とここに住む人たちが言った気温はマイナス二十五度。あまりにも寒いと、感覚は痛みに変わり、そして段々感じなくなっていく。

ずっと空を見上げていた首は、だるく重たい。

私だけではなく、さまざまな国から来た人たちが皆空を見ている。

「今日ももう無理そうだね」

「残念。でも、また見に来ようね」

「そうだね。また来ようね、絶対」

数人のグループがホテルに向かって歩き始めると、同じツアーの埼玉から来たという女性二人組もつられるように背を向けた。

私は一人になった。空はどんよりと曇り、待ち望んでいたものはついに姿を見せてはくれなかった。今夜が最後のチャンスだったというのに。

あなたに会いたかったよ、オーロラ。

私はポケットから写真の入った小さな額を取り出した。濃淡のある緑色と炎のような赤。まるで空から降り注ぐように見えるオーロラの写真は、父のものだ。もう何度見たかわからない。

フィンランドに、このラップランドに来れば、きっとオーロラが見られると信じていた。思い切って一人で参加したツアーのパンフレットには『三泊五日のフィンランドツアー・オーロラが見える可能性80%!?』と書いてあった。

北緯六十六度より北の北極圏の町まで来るのは、私にとっては清水（きよみず）の舞台から飛び下りるようなもの。いや、この場合、マイナス三十度の雪の世界に飛び込むというのだろうか。とにかくオーロラを見ることさえできれば、来週の検査の結果はきっと大丈夫。

私の希望なんてそんなちっぽけなものだった。それなのに、八〇%の確率で当たるクジ運すらない。

たった一人になっても、私は空を見上げ続け、そしてついに雪が降り始め、諦めた。

「オーロラ、見られなくてゴメンナサイね」

私はよほど暗い表情をしていたらしい。ホテルの支配人ルドルフさんが上手な日本語で話しかけてきた。

オーロラを諦めた私は、広めのリビングといった雰囲気のロビーのソファに長いこと座り込んでいた。ダルマ型の大きなストーブがゴオゴオと音を立てて燃えている。他に物音は何も聞こえない。

「オーロラ、空にちゃんといます。でも、雲が意地悪してマス。ゴメンナサイ」

ルドルフさんは長身を折り畳むようにして日本式のお辞儀をした。束ねて後ろで縛った金色の髪がぴょこんと揺れた。

「ルドルフさんのせいじゃないですよ。私の運が悪かっただけ」

「ウン？」

「あ、運は英語で……えーと、ラック？　フォーチュン？」

「ああ、アンラッキーですね」

「そう、アンラッキーってやつです」

私にとって、オーロラを見ることだけがこの旅行の目的のすべてだった。他のツアー参加者みたいに、リアルサンタクロースに会いに行ったり、スキーを楽しんだり、トナカイのソリに乗りに行くなんてことは一切しなかった。夜いつまでも起きていられるように、昼間は部屋にこもって体力を温存していた。

そうまでしたって見られない時には見られない。

「がっかりしないでください。ラップランドに来た人は、みんな『ラピンタイカ』という魔法にかかります」

「魔法？」

「はい。その魔法にかかった人は必ずまたこの地に来ます。だから、あなたもきっとまた来るコトできますね」

私はすぐにうなずけなかった。

他の人が当たり前のように口にする「また来ればいい」の「また」は多分私には来ない。

そもそも私の人生で幸運だったことなんてない。いくら魔法があったって、きっと私には無理。

私は急に疲れを覚え、のろのろと立ち上がった。

「もう寝ますね。おやすみなさい。あ、えーと、キートス」

唯一覚えているフィンランドの言葉で「ありがとう」と言うと、サンタクロースのソリを引くトナカイと同じ名前の支配人はにっこり微笑んで言った。

「次は愛する人と一緒に来てください」

ラピンタイカの魔法がそんなことを現実にしてくれたらどんなにいいだろう。でも、私は期待しない。きっと無理に決まっているから。

石と木だけでできているのに、ホテルの中はとても暖かい。木製の廊下を足音を立てないように部屋へ向かった。他の人の眠りの邪魔はしたくない。

窓の向こうは、暗い青さに沈む白い世界だった。

子供の頃から私の誕生日はいつも雪だった。美しい雪の日に生まれたから、美雪。子供の頃は本気で名前のせいで雪が降るのだと思っていた。

雪が降れば、風邪を引かないようにといつも以上に外に出ることを禁じられた。とにかく私の体は限りなく弱かったのだ。小学校三年生になるまで、バースデーケーキのロウソクをひと息では消せないほどだった。

あれは五歳の誕生日だったと思う。父は初めて私にオーロラの話をした。

「いつかフィンランドに行こうな、美雪。パパとママの出会ったところだ。綺麗なところだぞ。何しろサンタクロースも住んでるくらいだからな。そして冬には、七色に輝くオーロラが見えるんだ」

父は本当に楽しそうに語り、母もニコニコとうなずいていた。

「一番すごいのは、赤いオーロラだ。緑のオーロラもすごく綺麗だけど、中でも赤いオーロラは珍しい。めったに見られないから、見たら幸運が訪れるんだ。今度一緒に行こうな。家族三人で」

そんなふうに刷り込まれて育ったから、オーロラは私にとって特別なものになった。

なのに、私が中学に入って、ようやく病院通いの回数も減り、夏休みにはやっとみんなで旅行ができるかななんて話していた矢先、人間ドックで父にガンが見つかった。

そして、たった半年の闘病で天国に行ってしまった。

お父さん、天国からオーロラは見える？　本当はね、もしもオーロラを見ることができたら、ひょっとして赤いオーロラなんか見えちゃったりしたら、身体のことだけじゃなく、もう一つお願いしたいことがあったんだ。

恋をください――。

私の夢は恋をすること。願わなきゃできない恋なんて、本当は違うのかもしれない。誰かを好きになったことがないわけじゃない。校庭や体育館の隅っこで、走り回る男の子をまぶしく見ていた。でも、あれはただの憧れ。恋にすらなっていなかった。

でも、もう二十一歳。映画みたいな恋とは言わない。一度でいいから、生きててよかったと思えるような恋がしてみたい。

だけど、赤いオーロラどころか、普通のオーロラでさえ私は見ることができない。

この病弱な体のせいで多くを望めなかった私にとって、赤いオーロラを見ることは、子供の頃からの唯一と言える願いだった。

初めての一人旅、初めてのフィンランド。人生最大の賭けだったのに。

こんなもんだよね……。

諦めることなら慣れている。

東京に帰った私を待っていたのは、残酷な宣告だった。

家と職場の次に長く過ごしてきた場所。私にとってそれは病院だった。

主治医の若村先生とは、私が小児科から移ってきて以来の付き合いだ。全然偉そうなところがないし、おっちょこちょいで、よく看護師さんに叱られている。でも、腕は確かだ。苦しくてたまらなかった時、何度も助けてもらった。

そして、若村先生はウソがつけない人だ。言いにくいことを抱えていると、無意識のうちに耳を触っている。幼なじみのひとみさんと結婚が決まった時も、入院中だった私の部屋に来て、もじもじしながら耳を触っていたからすぐわかった。

「先生、ひょっとして結婚が決まったんじゃない？」と言ったら、心底驚いた顔で「美雪ちゃんって魔法使い？」なんて言うんだもの。笑ってしまう。

帰国してすぐに精密検査を受け、今日は若村先生から結果を聞く日。

父が死んだ後も、さほど休まずに学校には行くことができていた。高校を卒業し、区立図書館に就職して三年目、やけに疲れやすいのに気づいた。検査の予約を入れ、私は思い切ってフィンランドへ飛んだ。オーロラを見ることができれば、私は大丈夫。そう賭けをして。

でも、オーロラは私に微笑んではくれなかった。だから、覚悟を決めていた……つもりだった。

そして、今、若村先生は私のＭＲＩ映像を見ながらしきりに耳を触っている。

「悪いお知らせでしょ、その顔は。なんて切り出そうって困ってる時、すぐ耳を触るから、バレバレ。直した方がいいよ」

先生はまいったなという顔で苦笑し、いつものの び太君みたいな笑顔をつくった。

「お母さん、どうしてる？」

「京都だよ。今も。仕事で忙しいって……お母さんもいた方がいいくらいの感じ？」

覚悟しているつもりでも動悸が早くなる。

若村先生は思い切ったように言った。

「検査結果なんだけど、正直よくない」

「そっか。あとどのくらい？」

「この一年、悔いのないよう、大事に過ごして」

若村先生は私の体には悪性の腫瘍があって、手術はできないこと、抗ガン剤での治療を始めることなどを説明してくれた。表面的には私は冷静に聞いていたように見えたはずだ。幼い頃からの病院通いで、今回だってかなり悪いことは自分の体のことだもの、わかっていた。

でも、私の命はあと一年――。

たったそれだけなんだ。成人式を迎えるのは難しいかもしれないと言われてたことを思えば、きっと長生きできたことになるんだと思う。私がいなくなったら、お母さんは一人になっちゃう。ああ、仕事どうしよう。

一瞬の間にありとあらゆる思考が嵐のように頭に渦巻いた。

「大丈夫？」

心配そうに私の顔を覗き込む先生を見て我に返った。

「やっぱりお母さんに来てもらった方が……」

「平気だってば。覚悟はしてたもん。これから一年、楽しんじゃうからね」

笑って席を立ち、会計を済ませて病院を出た。病院には私なんかよりよっぽど大変な人たちがいるのだからと、ありったけの自制心を総動員した。

でも、私の強がりもそこまでだった。自分だけが時の流れの中に取り残されてしまったような気がした。気がつくと私はクリスマスと歳末大売り出しで賑わう商店街を抜けて、隅田川にかかる橋の上を歩いていた。行き交う人たちはみんな幸せそうだ。

この人たちには、明日も、来年も、一年後も十年後も、二十年後もあるんだ。なのに私は……。

冷たい風が吹きつける。でも、寒さも感じない。

おっかなびっくり生きてきて、思い切り何かを試したこともなく、恋をすることもなく、死んじゃうんだ、私。なんで私だけこんな人生なの。

突然グンとバッグが引っ張られ、足がもつれた。何が起こったのかわからない。後ろから来た自転車に乗った男にバッグをひったくられたのだとわかった時には、私は橋の上の冷たい地面に手をついてしゃがみ込んでいた。

「そこまでしますか……」

口からこぼれ出たのは、愚痴ともつかないつぶやきだった。何も考えられなかった。

クリスマスまであと一週間、岩永さんが突然言い出した。

「な、悠輔、ここら辺にさ、クリスマスツリー飾らない？　それもプラスチックのヤツなんかじゃなく本物のモミの木！」

明らかに最近付き合い始めた年の離れた彼女の影響だ。いい迷惑だ。

清澄白河の奥まったところにある古い倉庫を改造したカフェＶＯＩＣＥは、岩永さんの念願の店だ。岩永さんが趣味で集めた渋いジャズのレコードコレクションやアンティークの木製のテーブルと椅子が殺風景だった場所を居心地のいい空間にしている。その店の真ん中にクリスマスツリーを飾ろうという趣向だった。

川向こうの花屋までモミの木の鉢植えを受け取りに行った帰り、橋の上で小さな悲鳴が聞こえ、次の瞬間、猛烈な勢いで走る自転車が俺の脇をすり抜けていった。男が手にしたベージュのバッグが当たって、危うく転びそうになった。後ろを見ると、女の子が手をついてしゃがみ込んでいた。うつむいた顔は長い髪で覆われて見えない。

ひったくりか！

俺は鉢植えをその場に下ろすと男を追って走り出した。男はめちゃくちゃに自転車をこいで路地を曲がりきれずにひっくり返った。

「この野郎！　なにやってんだよッ」

俺は男に覆い被さってバッグを奪い取った。

「すみません。すみません。すみませんでした」

かかってくるどころか、殴られると思ったのだろう、男は頭を抱えてひたすら詫びる。

「二度とすんな。行け」

別に警察に突き出すのが面倒くさかったわけじゃない。ただ、気弱そうな目は何かやむにやまれぬ事情があって、出来心でやっちまった、そんな気がした。

それよりこのバッグをあの女の子に返してやらなくては。

私はまだ立ち上がれずにいた。立て続けに起きた出来事が消化できない。声も出ない。

突然、私の目の前にたった今盗まれたばかりのバッグが差し出された。見知らぬ男の人が私の横にしゃがんだ。

年は私より少し上。軽く縮れた髪が額にかかっている。激しく息を弾ませていた。

「あんたさ、ひったくられるとこ見てたけど、助けてとか、返してとか、自分で追っかけるとかなんかねえの？」

ああ、この人は私のバッグを取り返してくれたんだ。それがぼんやりと意識にのぼる。でも、相変わらず声は出ない。男の人は苛立たしげに言った。

「声くらい出せよ」

そして私にバッグを押し付けた。私は受け取ることすら忘れていたのだ。

「……すいません」

「そんなんで生きていけるの？　世の中そんな甘くねえぞ。しっかりしろよ、もうちょっと」

「なんでそこまで言われなきゃ……」

そりゃボーッとしていた私も悪いけど、そうまで言われるほどなのか。じわじわと怒りがこみ上げてきた。

「あ？　なんだよ、小せえよ。もっとでかい声で言えよ」

私のことなんか何も知らないくせに。私があと一年しか生きられないなんて知らないくせに。

「じゃあ、助けてって言ったら、誰か助けてくれるんですか！」

「そんなのわかんねえだろ。助けてくれるかもしれねえだろう。声に出さねえとわかんねえんだよ」

なんて乱暴な言い方だろう。

「じゃ、助けてよ」

「あ？」

「……助けて！」

この時の「助けて」には、ひったくりにバッグを盗られたことだけじゃない。あと一年しか生きられない。どうしていいのかわからない。そんな叫びも詰まっていたんだと思う。

男の人は少しひるんだみたいだった。

「なんだよ、出んじゃん」と、立ち上がった。「ていうか、礼くらい言えば」

我に返った。そうだ、この人はあのひったくりを追いかけてバッグを取り戻してくれたんだ。危ない目に遭うかもしれなかったのに。

「ありがとうございました」

「じゃ、その調子で。じゃあね」

最後の「じゃあね」だけがやけに優しく響いた。男の人は置きっぱなしだったモミの木の鉢植えをひょいと抱えると立ち去った。その後ろ姿を私は見送った。

ふと頬に冷たいものを感じた。見上げると花びらのような雪が降り始めていた。掌に受けると、あっという間に溶けて消えた。

遠くから「おい」という声が聞こえた。道の向こうで、さっきの男の人が手を振っている。

「声出していけよ！　声！」

それだけ言うと、私の返事も待たずに足早に行ってしまった。

声を出していく――。

その言葉は、雪のように私の中へ溶けていった。

ついさっきまで世界の終わり……いや、人生の終わり、崖っぷちに立っていた私は、状況は一ミリも変わっていないのに、胸の奥底がほんの少し温かくなっていた。病院を出てから初めて笑った。

ヘンな人。ぶっきらぼうで全然親切じゃないし、口も悪いのに、どこか憎めない。本当は優しい人なのかもしれない。

でも、もう二度と会うことはないだろう。ほんの一瞬出会った人に、少しだけ勇気をもらったことを心の中で感謝した。

思わぬことで時間を食ってしまった。店に戻ったら、夜の分の仕込みの確認と、年末年始のバイトのシフトを組み直さないと。そんなことを考えながら振り返ると、たった今別れたばかりの女の子がまださっきの場所に立っていた。

世界の終わりみたいな顔しやがって。なんだよ。そんなに嫌なことでもあったのかよ。何があったって生きていかなきゃいけないだろうが。

「声出していけよ！　声！」

わざわざもう一度声をかけたのは、なぜか妙に気になったからだ。

もう一言何か言ってやろうかと思ったところで携帯が震えた。妹の初美(はつみ)からのメールだ。

『晩ご飯カレーにするけど、チキンとポークどっちがいい？』

絶対に牛肉と言わないところがおかしいようで家計に気を配っていることが伝わってくる。『シーフード』と斜め上を行く返事を返し、もう一度振り返ると、女の子はもういなかった。

季節はゆっくりと流れていった。

フィンランドから戻ってすぐに一年という時間を大切にするように言われ、私はすぐに諦めたわけではなかった。

若村先生と一緒にありとあらゆる治療法を探した。でも、事実は変わらなかった。飲まなくてはいけない薬は増え、一日の分を飲み下すだけでも大変だった。それでも、薬が効いているのか、寝込んだりすることはなかったけれど、前より痩せて、前よりさらに疲れやすくなっていた。

私の家は古いマンション。目の前には隅田川が流れている。父はこの眺めが好きだった。

親子三人で住んでいた頃には少し手狭だったこの部屋に、私は今ほぼ一人で住んでいる。ほぼというのは、京都で仕事をしている母が月に一度か二度帰ってくるだけだからだ。ほとんど一人暮らしのようなものだった。

母に、フィンランドから帰ってきてすぐに受けた検査の結果があまりよくなかったことは伝えたけれど、残された時間がもうあまり長くないということまでは言っていない。動けなくなるくらい悪くなるまでは、好きな仕事を京都で頑張っていてほしかった。

川面がきらきら光っている。浅草方面から来た遊覧船が通り過ぎていく。船の上でカップルが楽しそうに写真を撮り合っているのが見えた。

いいな、船上デート。いつも見ているのに、自分で乗ったのは、ずっと昔。まだ小学生だった頃だ。

オーロラを見ることができなかった私は、病気に勝てないし、恋もできない。

初雪の日に出会った男の人にもう一度会えたらと思って、あの橋に何度も行ってみたけれど、すれ違うこともなかった。そのうちに諦めた。諦めることがすっかりクセになっていた。

そして、季節は春になった。満開の桜の優しいピンク。今年は特にいとおしい。

「こんにちは。今年の桜さん。来年はもう……」

きっと会えない、その言葉を飲み込んで花びらに触れた。

桜が散り始めた頃、私は図書館の館長に呼ばれた。

高校卒業後、契約職員として入った区立図書館。大好きな本に囲まれて働けるし、働いている人たちも皆穏やかなこの職場が大好きだった。館長も物静かで優しい親戚のおじさんのような人だった。

「平井(ひらい)さん、司書補講習、受けてみませんか。あなたももう四年でしょう。講習を受ければ、来年には司書補の資格が取れますよ。資格をとって三年間の実務経験を積めば、司書にもなれる。そうすれば正規職員への道も――」

「申し訳ありません」

私は館長の言葉を最後まで聞かずに頭を下げた。

「どうして？　面接の時、いつか図書館司書になりたいって言ってたでしょう」

「続けられなくなったんです」

本当は講習会にも行きたい。勉強もしたい。もっともっと本を読みたいし、子供たちが私の勧めた本を読んで喜ぶ顔を見たい。

でも、それはもう叶わないことなのだ。

「すみません。辞めさせてください」

私はポケットに忍ばせてきた退職願を差し出し、病気療養で今までどおりには働けないのだと説明した。館長はなんとかシフトは調整すると引き止めてくれたけれど、来週からもっと強い薬を使うと若村先生に言われている。今だって、治療のために早退したり、体調が悪い時には休みがちなのに、これ以上迷惑はかけられない。

「そうか、残念ですね。あなたほど勉強熱心で、本を大切に扱う人はいないのに。病気が治ったら、また働いてくださいｅ待ってますよ」

　本当にありがたいと思った。短い期間だったけれど、仕事ができて、少しでも誰かの役に立てたことが嬉しい。もっともっと働きたかったな。でも、私にはもう未来を予定することはできない。

　ささやかな退職金とコツコツ貯めたわずかな貯金の残高が印字された通帳を見て、私はため息をついた。

「これで生きていくのか……」

　一年と考えれば十分な金額だが、贅沢はできない。

　映画や小説で、余命宣告を受けた人が、残された時間の中で十も二十もやりたいことのリストを作って次々とトライしていくという話があるけど、私にはそんなに思いつかない。思いつかないということは、本当にやりたいわけではないということだと思う。

　たった一つの願いも叶いそうにないし。

　いつもなら働いている時間、街を歩き、いつもなら通らない道を歩いてみる。以前は花屋さんだったところが輸入雑貨の店になっていた。看板にフィンランドフェアと書いてある。私は吸い込まれるように店に入った。

フィンランドはデザインの国だとよく母が言う。食器やファブリック、雑貨に至るまで、思わずかわいい！　と声を上げてしまいたくなるような商品が多い。

通りに面した窓に飾られたオーロラのオブジェを見つけ、手に取ろうとした時、窓の向こうを通り過ぎる男の人が目に入った。どこかで見たことがある。

あの人だ！　ひったくり犯から私のバッグを取り戻し、声を出せと叱った人だ。

私は雑貨店から出ると、彼の後を尾行することにした。彼は、大きな紙袋を抱えていた。フランスパンが飛び出している。自分の家で食べるのだろうか。

彼が入っていたのは古い倉庫だった。いや、違った。倉庫を改造したカフェだ。お茶でもするのかと物陰から見ていたら、彼は鍵を開けて店の中に入っていった。どうやらここで働いているみたいだ。

しばらく店の前で迷った。もう一度会いたいと思ったのは、バッグを取り戻してくれたお礼を改めてちゃんと言いたかったからだが、あの時一方的に言いたい放題言われてしまって悔しかったからでもある。

くよくよしている場合じゃないと思った。どう思われようが、関係ない。私には迷っている時間なんてないんだから。

重たいドアを押して中に入った。ドアベルがカランと鳴った。

「いらっしゃいませ。お好きな席どうぞ」

当たり前の台詞なのに、丁寧な言い方に逆に驚いた。私はそそくさと手近な席に座った。

メニューを広げて見ているフリをしながらカウンターの中にいる彼を観察した。髪は少し伸びたのかな。あの時よりも表情が柔らかい。よく見ると、結構カッコいいじゃない。

彼が水を運んできた。

「何にしますか」

まずい。決めてなかった。

「あ、えっと……じゃあ、カフェラテで」

「はい。初めてですか」

「いいえ、こないだ」

橋の上で会いましたよねと言いかけ、彼が私のことなんて全く覚えていないことに気がついた。

「あ、お店は初めてです、はい」

私の変な受け答えに彼は少し怪訝（けげん）な表情をしたが、「お待ちください」とカウンターの中に戻っていった。

そこで私は初めてメニューをちゃんと見た。店の名前が印刷されている。

VOICE。

声出していけよ。

この人の人生のテーマなんだろうか。少しおかしくなった。

改めて店の中を見渡すと、さりげなく置いてあるインテリアは、あまり統一感はないものの、ちょっと渋くて感じがいい。

棚にガラス細工が並んでいた。近づいて見ると、値札が付いた売り物だった。ポップが添えられている。真剣な表情でガラス細工を作っている作家の写真は、まさしく彼だった。

——綿引（わたびき）悠輔。

悠輔っていうんだ……。

ガラス製品は、手にとるとひんやり冷たいのに、温かみを感じさせるデザインだった。海みたいなブルーがとても綺麗だ。

「ただいま！」

制服を着た高校生くらいの女の子が賑やかに入ってきた。すらりとしたとてもかわいい子だ。

「おかえり」悠輔という名の彼が答えた。ここは彼の家なのだろうか。

「あれ、お兄ちゃんだけ？　岩永さんは？」

「いない。何か用事があるみたいだけど」

「えー、そっかァ、じゃ、いいや」

「なんだよ」

「ちょっとだけお腹空いたから、ベリーワッフル食べたいなって思ってたけど、お兄ちゃんならやめとく」

「初美、お客さんが聞いたら、俺のがまずいと思うだろ」

悠輔さんは本気で慌てている。初美ちゃんは初めて私の存在に気づいて、しまったという顔を浮かべ、「すみません」と小さく頭を下げた。

「ごめん。お客さんいたんだ。気づかなかった」小声で話しているけど、全部聞こえている。いるのに気づいてもらえないことは子供の頃からよくあった。いいんですよと言おうとしたところで、ドアが開いて、今度は制服姿の男の子がただいまと入ってきた。

悠輔さんと初美ちゃんが「おかえり」と声をそろえた。どうやら三人きょうだいらしい。

「あれ？　姉ちゃんもベリーワッフル食いにきたの？」

「ざんねーん！　岩永さんいないんだって」

「エーッ、マジか。じゃ、いいや。晩飯まで我慢する」

男の子はさっさと出ていってしまった。すると、初美ちゃんも「私も。じゃあね」と続いた。外で「姉ちゃん、今日、唐揚げ食いたい」「は？　今日あんたの番でしょ」なんて会話が聞こえ、遠ざかっていった。

店はまた静まり返った。私は自分の席に戻った。

「なんかうるさくてすいません」

彼はそう謝りながらカフェラテをテーブルに置いた。

「あ、いえ。あの。ミックスベリーワッフル、いいですか」

注文すると、彼は驚いたように私を見た。

「勇気ありますね、今までの流れで」

「あ、ありがとうございます」

「あ、いや」

どうやら褒められたわけではないようだ。

しばらくしてワッフルが運ばれてきた。見た目は普通だ。ミックスベリーと生クリームが添えられている。

「どうぞ」

「いただきます」

小さく切ったワッフルにベリーと生クリームをつけてまずはひと口。ベリーはすごく美味しかった。特にストロベリーのシロップ漬けは最高だ。でも、ワッフルはちょっと固いかな。中が少し粉っぽい。

彼がこっちを見ていた。

「どうですか？」

「あ、大丈夫です」

「いや、大丈夫って……」

「あ、すみません」

なんだかおかしくなってきた。私に声を出せと怒鳴った人が、妹や弟には結構弱くて、こんなに困った顔をする。少しかわいく思えてきた。

「弟さんと妹さんですか？」

「あ、はい」

「あ、私一人っ子なんで」

あんなふうに賑やかなきょうだいがすごく羨ましいという意味で言ってみた。

「うち親が両方いないんで、仲良くやんないとしょうがないっていうか」

「じゃ、親代わりっていうか」

「まあ、そんな感じですね」

彼だってまだ二十代半ばだろう。なのに二人の面倒を見ているのか。すごいな。もう少し会話を続けたいと思ったところにまたドアが開いた。

「おかえりなさい」と彼が言った。見ると、人のよさそうなコロンとした体形の男の人が入ってきた。彼より少し年上みたいだ。私を見ると「いらっしゃい」と言った。

この人が岩永さんらしい。岩永さんは浮かない顔をしていた。

「先輩、どうしたんですか」

「あ？　ああ、大丈夫」

どう見ても大丈夫そうには見えない表情だった。私から見ても何かあったのかなと思う。ひょっとしたら、悠輔さんに会った日、私もこんな顔をしていたのだろうか。

時計を見ると、いつの間にか薬を飲む時間になっていた。大量の薬をゆっくり飲み下す姿を見られたくなかった。私は化粧室へ立った。


岩永さんの顔を見た途端、何かヤバイことがあったのだとすぐわかった。いつも店に来る時には鼻唄を歌いながら入ってくるのに、幽霊でも見たような顔をしていた。

クリスマスが終わってすぐに彼女に振られた時と同じだ。

岩永さんがグラスを二つ割ったところで、店が終わるまで待てないと思って、わけを聞いた。

「神田（かんだ）のヤツが、逃げたんだ」

神田さんは岩永さんと同じサッカー部のキャプテンだった人だ。そもそも俺が五歳年上の岩永さんと知り合いになったのは、高校のサッカー部でだった。ＯＢのくせに毎日のようにグラウンドに来ては一緒にボールを蹴っていた岩永さんはなぜか俺のことをかわいがってくれた。両親が死んで部活どころじゃなくなった後も、何かと気にかけてくれて、三年前にこの店をオープンした時には店を任せてくれた。

「神田さん、どうしたんです」

確か渋谷にサッカーファンが集まるバーをつくるという話を聞いたような気がする。

「借金で首が回らなくなって逃げた。俺、あいつの連帯保証人になってたんだ。絶対大丈夫っていうから……」

岩永さんは無類のお人好しだ。いつも人を信じ過ぎては裏切られる。結局店の資金をギャンブルに注ぎ込んで逃げた神田さんの借金は、岩永さんの貯金全部と親に頼み込んで借りた金でなんとかしたという。

だが、その中にはこの店を借り続けるための家賃の更新料と、だましだまし使っているが、もう限界に来ているオーブンの購入費用が入っていた。

「悪いな、悠輔」

先輩は苦しげに言った。

「いや、悪いなって、じゃ、この店なくなっちゃうってことですか」

「金が用意できないとな、どうしようもないんだ」

「いくらですか」

「百万」

「百万！……マジすか」

俺に助けられるものならと思ったのだが、妹と弟の学費を払っているだけでギリギリの俺には、すぐにどうこうできる金額じゃなかった。

「すまん。いや、なんとかしようとは思ってるんだけどな」

「いや、謝らないで……」

なんとかならないのはわかってる。

「すまん！」

岩永さんは頭を下げた。

「先輩の店なんですから――むしろ店任されてるのに、俺が腑甲斐ないせいで……すみません」

それは本心だ。お客から大丈夫ですと言われる程度のワッフルしか焼けない俺のせいだ。もっと客を呼び込む方法だって考えるべきだったのだ。

「やめろよ、悠輔。おまえはよくやってるって」

「……いや、でもまいったな」

そこでお客が入ってきて話が途切れた。たった今聞いたばかりの話は、やはりショックで笑顔がつくれない。

私は化粧室から出るに出られずにいた。聞くつもりもなく聞いてしまった二人の話はあまりにも深刻過ぎた。

席に戻ると、今入ってきたカップルのお客さんには岩永さんが応対し、店の中に悠輔さんの姿は見えなかった。私は会計を済ますと外へ出た。

ドアの外は板張りのテラスのようになっている。そこに彼が、いた。

ベンチに腰掛けてうつむいているその顔は必死に何かを考えているようだった。

私に気がついて顔を上げ、立ち上がり、「すみません。ありがとうございました」と言ってくれた。

たぶん十秒もなかったと思う。このことを決めるまでに。彼に会釈をして歩き出した私はバッグの中から預金通帳を取り出した。私が残された時間を過ごすためのお金が入った通帳。

私が今できることが確かにある。どうしよう。

あの人は言った。声に出さないとわからないって。

もう迷わなかった。私は回れ右をして彼の前に駆け寄った。そして、通帳を差し出し、言った。

「あります。私、出します、百万円。使ってください」

たちまち彼の顔がこわばった。

「意味わかんないんだけど」

初めて会った時と同じぶっきらぼうな、そしてちょっと怖い顔になった。

「いや、その、こ、困ってるんですよね」

「あんたに関係ないだろ。なんであんたに借りなきゃいけないんだよ」

そりゃそうだ。逆の立場なら私だって同じことを思う。だいたい彼は私のことなんて覚えてないんだから。

「私の恋人になってください！」

驚く彼以上に、声に出して言ってしまった自分が自分に驚いていた。

「い、一カ月間。一カ月でいいので、私の恋人になってください、で、どうですか」

「……頭、おかしいのかよ？」

「はい」

病気が進むにつれて、頭痛も感じるようになってきたから、そういう意味で私は頭にもおかしいところがある。

「はい……って」

「あの、本気です」

「なんだよ、それ」

「だって、さっきの人、困ってるんですよね。お店潰れちゃうって……だから」

彼は黙った。自分のことじゃないから、かえって断れないんだとわかった。

「いや、同情とかではなくて――えっと、お金。お金下ろしてきます！」

私は後ろも見ずに駆け出した。

五分後、百万円の現金を下ろして戻ってくると、彼は、まだそこにいた。

「あんた、本気なんだな。この百万、借りていいんだな」

「お貸しするんじゃありません。あげます。だから一カ月恋人になってください」

悠輔さんはう ーんとうなった。なぜそんなに困るのかわからない。

「つまりそれは……俺のカラダが目当てってこと？」

「違います！　一緒にご飯食べたり、映画見たり、お散歩したり……つまりはデートしてほしいってことです」

一体どういう想像をすれば、そんなセリフが出てくるんだろう。私は悲鳴を上げた。

「それだけ？」

「はい」

「だって恋人って――」

「だから恋人って――」

同時に言って、お互いに恋人の定義が違うことに気がついた。でも、彼が言うのはもっともだ。ハタチを過ぎたいいオトナが恋人といえばそういうことなんだろう。そう気づいて、私はまっ赤になった。

そんな恥ずかしいやりとりを経て、私たちは一カ月間の恋人契約を交わした。条件として、お互いに嫌がることはしない、名前は呼び捨てにする。それだけ決め、連絡先を交換した。

家に帰り着くと、私はヘナヘナと座り込んでしまった。

すごい。いや、私、すごい。いやいやあり得ない。だって、声出せって言ったのそっちだし、私だって最後くらいやる時はやりますよ。

こんな思い切ったことができるなんて。瀬戸際に追い込まれると、私みたいな臆病な人間でも声が出せるんだ。私は自分で自分を褒めてやりたくなった。

もちろん岩永さんが困っているのを聞いて、なんとかしてあげたくなったのは大きいけれど、再会できた悠輔と距離を縮めたかった。こうでもしないと、きっと私はあのカフェに毎日通っても、恋人どころか友達同士の会話もできなかったと思う。ゆっくり少しずつ近づいていく時間は、私にはもう、ない。

あの人が好きなのかと聞かれたら、そうですとは言えない。でも、形から入る恋があったっていいのではないか。

私は引出しの奥からずっと前に気に入って買ったまま、もったいなくて使えずにしまい込んでいたノートを取り出した。フィンランド製のかわいいデザインのものだ。

私は色とりどりのペンを取り出してノートに向かった。

『恋人としてみたいこと』

今までずっと夢見てきたことを一つずつリストにして書き始めた。

嬉しくて、楽しくて、久し振りに自然に微笑みが浮かんだ。

これが本物の恋になるかどうかなんてわからない。でも、私には今日から恋人がいる。そう思うだけで胸が弾んだ。

なんなんだよ、あの女。

俺は朝から憂鬱だった。ベランダで飲むコーヒーがいつもより苦く感じられる。

客に聞こえるところであんな話をしたのはまずかった。だが、緊急事態だったのだから仕方がない。だからって、ポンと百万円出しますなんて、一体どこのお嬢様だよ。

本当なら俺が岩永さんを支えるべきだった。

親が死んで大学進学を諦めて、慌てて就職した会社が倒産し、途方に暮れていた俺を拾ってくれたのが岩永さんだった。いつかガラス職人になりたいという俺の夢も後押ししてくれている。今はまだ休みの日に細々と作っているだけの作品も店に並べろと言ってくれた。なにがあっても夢だけは諦めるなというのが岩永さんの口癖だ。

　その岩永さんの危機だというのに何もできない自分がもどかしくてたまらない。だが、この狭い路地の奥にあるおんぼろアパートできょうだい三人なんとか生きてる現状では、百万どころか十万出すことだって難しい。だから、あの美雪とかいう子がめちゃくちゃな申し出をしてきた時、思わず乗ってしまったのだ。

　最初岩永さんは、突然差し出した百万を頑なに受け取ろうとしなかった。でも、美雪と契約をしてしまった後だ。返されても困る。怪しい金じゃないからと押し付けるように渡すと、やっと岩永さんは涙を流して受け取った。

　とりあえずこれで店は続けられることになった。

　しかし、これからが問題だ。

　一カ月の恋人契約。ただ単にデートをすればいいようなことを言っていたが、百万だぞ。ただで済むとは思えない。ヤクザかなんかが出てきたらどうすりゃいいんだ。

　ため息しか出てこなかった。

　俺の憂鬱とは関係なく、部屋の中では、初美が「浩輔（こうすけ）、早くしなよ。遅刻するよ。いつもだからいつも言ってるじゃん、十分早く起きなって」と弟を叱りつけている。

なら「おまえら、うるさい」と一喝するところだが、今日はそれどころではなかった。今日は早速最初のミッション、じゃなかった、デートなのだ。今日は店が休みだとうっかり言ってしまったせいで、午前中から待ち合わせをする羽目になった。

彼女は「私は一日いつでも合わせられますから」と言った。つまり仕事はしてないのだろう。百万もの大金を見ず知らずの人間にポンと出せるようなお嬢様には、時間があり余っているに違いない。まったくやってられない。


待ち合わせは、家の近所の隅田川が見える橋の近くにした。見栄を張るわけじゃないけど、自宅の古いマンションを見られたくなかった。それに、どうせ一カ月だけの関係なのだから、どこか謎めいたまま終わらせたかった。

何を着ようか散々迷って、結局いつもとあまり変わらない、でも少しだけ明るい感じの服にした。メガネはそのまま。なんとなく素顔をさらすのは恥ずかしい。マスクを外せない人の気持ちが私にはよくわかる。外の世界に出て行く時に、ほんのちょっとだけ鎧をまとうというか、壁をつくるというか、そんな感じだ。

待ち合わせの場所には十分も早く着いてしまった。当然のことながら悠輔は来ていない。

「頑張れ……頑張れ、私」

おまじないみたいに胸に手を当て、自分で自分を励ました。

もしかしたら、待ち合わせの場所に来ていない、なんてことはなく、遠くから見つけた美雪は何やらブツブツ独り言を言っているようだった。気が重い。

「おはよう」

「どうも」

悪気はないが、愛想よくもできない。彼女は少し傷ついたような顔した。

「恋人なんだから、『どうも』はないと思います」

さっそくダメ出しかよ。俺は「おはよう」と言い直した。彼女はまだご不満のようだ。

「よ！　待たしてごめん、みたいなのがいいです」と片手を挙げた。

勘弁してくれよと帰りたくなったが、岩永さんの顔と店が浮かんで、グッと我慢した。

「……よ、待たしてごめん」

「笑顔で、といっても、ちょっと照れたような」

マジか。

「お願いします」

俺は舞台に上がった役者になった気分で笑顔を浮かべた。たぶん引きつっていたと思う。

「よ、待たしてごめん」

今度は合格のようだ。

「あ、お弁当持ってきたんだ」と美雪はバスケットを掲げて見せた。

「あ、そうなんだ」

いきなり黙り込んだ。またなんかやらかしたのか、俺。えーと、なんて言えばいいんだ。

「……マジで？　やった！」

思い切り棒読みになった。

それでも、彼女は嬉しそうに笑い、「じゃ、行こ！」と、歩き出した。

疲れる。こんなこと一カ月もやるのか。俺は早くもぐったりしていた。

デートは、水上バスに乗ることから始まった。この辺に住んでる人間で、わざわざ観光客に交じって水上バスに乗るヤツはあまりいない。

「気持ちいい。小学校の時以来なんです。いつも見てて、乗ってみたかったんですよね、デートで」

ニセモノのデートでもいいのかとツッコミを入れようと思ったがやめた。

美雪は嬉々として弁当を広げた。

「ジャーン。これがサンドイッチで、これがタコさんウィンナーとあと玉子焼きと……」

見ればわかるっつーの。俺はついに我慢できなくなって言った。

「あのさ。いや、なんていうか、こういう関係っていうかさ」

「はい」

「なんで？　俺とこんなことするために百万払うわけ？　おかしくない？」

「私のお金だから、別にいいじゃないですか」

「いや、そりゃそうだけど。だって大金だろ？」

「お金あるんで、大丈夫です」

そうかよ。あんたにとっては百万は子供のお小遣いレベルなんだろうな。

美雪がふと真顔になった。

「私、大事なこと確認し忘れていたんですけど、今付き合ってる人いますか」

「それ、今頃聞くのかよ」

「ごめんなさい。自分のことで精一杯だったもんで。私、誰かを傷つけるつもりは全然ないんで。そんなことするくらいだったら――」

「いねえよ。いたら、こんな契約するかよ」

「よかった！」

「いや、そんなに喜ばれても……ってか、こんなふうにままごとしてればいいわけ？」

「ままごとじゃないです。恋人です」

「じゃあ、恋人をなに？　金で買うわけ？　俺、ホストとかじゃないんだけど。だいたいさ、恋愛ってそういうものじゃないだろ」

「男らしくないですね」

聞き捨てならない。なんでそうなる。

「契約成立したんだからいいじゃないですか。需要と供給が一致して」

それは確かにそうだが……。

「やるって決めたんならちゃんとやってください。自分で考えて、ちゃんと取り組んでください」

「取り組むって――」

仕事かよという言葉は飲み込んだ。確かに仕事みたいなものだ。

「嫌そうな顔してるの、男らしくない」

何かがおかしいような気はしたが、この場合、美雪の言っていることの方が正しい。世の中は金を持っている者が強いのだから。こうなったらもう腹をくくるしかないようだ。どっちにしたって、一カ月だけのことだ。

美雪に差し出されたサンドイッチに俺はかぶりついた。悪くない。というより、かなりうまかった。

ままごとと言われてしまった。私にとっては立派なデートなのに。というか、普通の人は一体どんなデートをしているのだろう。

男の人とあんな風に言い合いをするなんて初めてのことだった。不思議と怖くなかったし、おいしそうにお弁当を食べてもらえて本当に嬉しかった。どれもこれも人生最後だと思えば、恥も外聞もなく、思い切りやれた。

そして、今私たちは水族館にいる。

巨大な水槽の前にいると、海の底にいるような錯覚に陥る。現実感がなくなっていくこの感じが好きで、ゆっくり歩いていたら、彼は随分先に行ってしまった。

「あ、ごめん」慌てて戻ってきてくれた。そんな何気ないことが嬉しい。

彼は無口で、というより、私と何を話していいのかわからないようで、移動中の電車の中でも会話はあまり弾まなかった。私はそれでもよかった。

朝待ち合わせをした場所まで戻ってきた時には、あたりは薄暗くなっていた。

「じゃあここで」

「ああ、いいの？」

その「いいの？」は、「家まで送らなくていいの？」なのか、「今日のミッションはここまでいいの？」なのかは微妙だったけど、前者と解釈することにした。

「連絡します」

「うん。わかった」

「じゃ」

私は少し歩き出した。そして振り向いた。悠輔も反対方向に歩き出していた。

「ねえ、ちょっと！」

彼が何だろうという顔で振り向いた。

「早過ぎます、行くのが。私が振り返った時に、見ていてほしいです。基本だと思います」

私が今まで見てきた少女漫画や恋愛ドラマでは、恋人たちが別れる時には必ず振り返って名残惜しそうにしていた。

「わかったよ」

ぶっきらぼうな言い方だったけど、やり直すことに異議はないみたい。

もう一度「じゃ」と手を振って歩き出し、振り向くと、彼は笑顔で手を振ってくれていた。

案外素直なんだな。歩き出して、もう一度振り返ってみたら、まだ手を振っている。

あー楽しかった。彼氏がいる子はみんなこんな気持ちになっていたのか。すごく人生損をしていた気がする。

あいつがいつ振り返るかわからないから、俺は彼女の姿が見えなくなるまで手を振り続けた。作り笑いをしすぎて頬が痛い。

疲れた。

家に帰ると、初美と浩輔が夕飯をつくっていた。俺の顔を見ても、おかえりも言わない。

明らかに怒っている。

「夕飯つくってくれるって言ってたじゃん。休みの日は」

完全に忘れていた。いや、出かける前までは覚えていたのだが、水上バスだ水族館だと振り回されているうちに完全に頭から消えていた。「最低」初美が言い放った。

「最低ってなんだよ。俺が今日一日どんなつもりで……それもこれもおまえらのために」

「何の話?」

言えるわけがなかった。金のために恋人契約を結んだなんて。

それに……あまり話はしなかったが、一緒にいて居心地悪くはなかった。俺と一緒にいるだけで、あんなに嬉しそうな顔をする女に今まで出会ったことがなかった。

あいつ、今頃何してるんだろう。

眠ってしまった。さすがに朝早く起きてお弁当をつくり、一日中出歩いたのはこたえた。帰ってきて着替えもせずにベッドに倒れ込んでしまった。
部屋の中は真っ暗で、時計の音だけがコチコチと響いている。カーテンの隙間から隅田川の上を屋形船が通り過ぎていくのが見えた。夜の川に船の灯が映って光の尾を引いていく。ワッと大きな笑い声がした。きっと船の中では楽しい宴会が開かれているのだろう。
床に放り出したままのバッグからやりたいことリストを書いたノートを取り出す。
──水上バスでお弁当を食べる
──水族館に行く
『恋人としたいこと』リストのうち、今日だけで二つ達成できた。リストには、絶対実現不可能と思われるような願い事も書いてある。一カ月でどこまでできるだろう。

私は水上バスと水族館のチケットをそっとノートに挟んだ。


シャワー浴びなきゃ。立ち上がった途端、フラリと倒れそうになった。胸が苦しい。

激しい頭痛と目眩（めまい）。この症状は赤信号だ。私は携帯電話を取り出すと、若村先生の番号を呼び出した。


夜の病院は嫌いだ。人の悲しみがあちこちに残っているのが見える気がするから。

若村先生に電話をかけたあと、私は先生の指示通り、タクシーで病院まで来た。

間もなく足音が聞こえてきた。あのセカセカした歩き方は間違いなく若村先生だ。

「どうした？」と心配そうに私の顔を覗き込み、私の手首をつかんで脈を取る。

「お母さんは？」

「京都だって言ったよね」

「そっか。何があったの」

「ちょっと張り切り過ぎちゃった」


こんなに苦しいのに、私は笑顔だ。先生が不思議そうな顔をしている。

私が悠輔と恋人契約したことは、誰にも言ってない。話すのなら、どうしたって病気のことと残された時間のことに触れなきゃいけなくなる。私は誰にも同情されたくないし、最後まで普通に接してほしかった。

「先生、私、まだ大丈夫だよね」

「ああ。でも、無理したら約束できないよ。強制的に入院してもらうからね」

「わかってます。もう無理はしません」

この夜は病院に泊まった。大丈夫。私はまだ死なない。やっとやっと、恋をすることができそうなんだから。


モーニングが終わって、ランチタイムの前のこの時間は不思議と店が静かになる。俺はぼんやりと洗い物をしていた。一昨日の美雪とのデートのことが思い出される。あの日はなんで俺がこんなことをしなきゃならないんだと腹立たしかったが、時間が経つにつれ、もう少し優しい言い方ができたんじゃないかと思うようになった。

壁の時計を見上げ、俺はハッとした。岩永さんが厨房から「悠輔、メシ食っちゃおうぜ。米粉チキンつくったんだ」と皿を運んできてくれた。なのに、俺は手をつけることもできず、「すいません！　俺ちょっと休憩出ます」と店を飛び出した。後ろで岩永さんが「なんだよ。おい、珍しい。おい、女か?」と言っているのが聞こえたが、このややこしい状況は説明できない。というより、するつもりはなかった。

昨日の夜、美雪から「明日、会えますか?」とメールが来た。うっかりランチタイムの前なら少しだけと答えてしまった。今さら断れない。

待ち合わせは、近くのショッピングセンターの屋上だった。美雪は先に来ていた。男友達にするように、「よう」と声をかけようとして、待てよと思った。またダメ出しをされてはたまらない。

「よ、待たしてごめん」

美雪は妙な顔をしていた。一歩距離を詰めてくる。何かまだ言い忘れていることがあるのか。俺の頭はフル回転した。

「あっち、座ろうか」

これでどうだ。美雪は黙ってついてきた。嬉しそうじゃない。何か忘れているらしい。だが、時間はあまりない。ハンバーガーを注文し、席に戻った。

美雪はいかにも不満そうな顔をしていた。一体何が気に入らないんだ、その顔は。

顔? そういえば、前に会った時と印象が違う。そう思って見たら、わかった。

「はずしたんだ、メガネ」

美雪の顔がパッと輝いた。そうか、こういうことに気づいてほしかったのか。

「いいんじゃない」

俺は思ったことを素直に言った。

「いい？」

「かわいいんじゃない」

本心だった。初めて店に来た時、メガネの陰に隠れるようにしているおとなしい子というイメージだったが、実際に話すと違う。こうして笑うと結構、いやかなりかわいいと思う。

「ハンバーガー、食べて。私の分も食べていいから」

「そんな食えないよ」

「いいからいっぱい食べて。ポテトもあるよ」

そんなに嬉しいのか。変化に気づいて、たった一言かわいいって言っただけで。美雪は俺がハンバーガーにかぶりつくのを楽しそうに見ていた。

「っていうか、こんなことでいいの？」

本当にこんなことで百万円なのかというつもりで俺は尋ねたのだが、美雪の表情は変わらない。

「こんなことがいいの」

「あ、そ」

「うん」

恋人なら次はどうする？　俺は考えた。少しはこっちからも積極的にするべきだろう。もう男らしくないなんて言われたくないしな。

「店、来れば？」

「え？　いや、でも、それは悪いし、イヤでしょう？」

「なんで？」

「なんでって……恥ずかしいでしょ」

「なんで？　恋人なんだろ。だったら来るだろ？　別にイヤならいいけど」

「行く！　行く、行く、行く！」

美雪はすごい勢いで立ち上がった。なんでそこまで喜べる？　そんなに嬉しいのか。

嬉しい。嬉しい。嬉しい。私は飛び上がりそうだった。いや、本当に飛び上がっていたと思う。悠輔がびっくりした顔で私を見ていたから。

彼女として誰かに紹介されるなんて初めてだった。そもそもデートもなにもかもが初めてなわけだけど。

それに、ちゃんとメガネをはずしたことに気づいてくれた。ちょっと時間はかかったけど。

メガネは私の表情を隠してくれる鎧だったけど、恋人と会うなら、もうそんな壁はない方がいいに決まってる。

かわいいいんじゃない。男の人に言われたのは初めて。

悠輔がハンバーガーを平らげるのを待って、私たちは連れ立ってＶＯＩＣＥに行った。

「彼女の美雪です」

キッパリと言って、悠輔は岩永さんに紹介してくれた。

「はじめまして」頭を下げる。岩永さんは「へえ」と言ったきり、びっくりした顔で私たちを見比べるばかりだった。

人前で初めて呼び捨てにされた。胸がドキンとする。

「美雪、何にする？」

「え、えっと」

驚きすぎて何も言えない。

「カフェラテ？」

「うん」

「オッケー。ちょっと待ってて」

彼はカウンターの中に入っていった。初めてここで注文したものを覚えててくれたんだ。幸せすぎて顔はゆるみっぱなしだ。

カウンターの中で岩永さんがお似合いだとか、どこで知り合ったんだと悠輔を質問攻めにしていた。間接的には岩永さんのおかげだと言われて、岩永さんは俺はキューピッドなんだなんて誇らしそうだ。私はそんな二人を見ているのが楽しくてたまらない。

結局夜まで店にいた。自宅で本業のプログラミングの仕事をしているという岩永さんは仕事先から急な呼び出しがあって帰っていった。

今、店にいるのは私と悠輔の二人だけ。私は片づけを始めた。

「あ、いいよ」

「手伝う。恋人ならするでしょ」

「そうなの？」

「ンー、たぶん」

なにしろ恋人なんかいたことがないのだから正解はわからない。

並んで洗い物をしながらガラス細工のことについて聞いてみた。

「あのグラス、悠輔がつくってるんでしょ」

「意外？　そんなふうに見えない？」

「ううん。いいなあと思って。なんか……好き」

今の「好き」は、悠輔のつくるガラス細工が好き、ガラスみたいな繊細なものを扱うことが好き、という意味だったのだけど、誤解されなかったかな。

「マジで？　ありがとう」

よかった。ちゃんと伝わったみたいだ。

「よかったら……今度、俺が通ってるガラス工房行ってみる？」

ためらいがちに悠輔が聞いた。

「ホントに？　行く！　行く！　行く！」

楽しい予定が先にあるって久し振り。こんなにも心弾むことなのか。

帰りも悠輔は送ってくれた。夜の道に街灯に照らされた二人の影が長く伸びている。

二つの影の間は少しあいている。でも、この三日で心の距離は縮まったのだから物理的な距離までは望まない。

悠輔は思ったより無口ではなく、慣れてくるといろいろ話してくれる人だった。岩永さんはおっちょこちょいでお人好しだとか、岩永さんのつくるミックスベリーワッフルは絶妙で雑誌に載ったことがあって、その時だけはさばき切れないくらいお客が来たことがあったとか、そんな話だ。私はずっと笑い転げながら聞いていた。

あっという間にこの前のデートの時、別れた場所まで来た。

「じゃ」

「でも、夜遅いし……家の前まで送るよ」

「ううん。大丈夫。本当に大丈夫」

私のこと、気まぐれなお嬢様だと思っていてほしい。

「じゃあ、気をつけて」

「はい。おやすみなさい」

「おやすみ」

ああ、おやすみってなんて優しい響きなんだろう。私は最高に幸せな気持ちになって階段を上がった。振り返ると、彼は帰らずちゃんと手を振ってくれていた。

今夜は幸せな夢を見られそうだ。


美雪が見えなくなるまで、俺はちゃんと見送って手を振っていた。契約を完璧にこなすデキるビジネスマンってとこだろう。それに契約の恋人もコツをつかめば割とラクだし、思ったより楽しくないこともない。美雪は素直だし、喜怒哀楽がはっきりしていてわかりやすい。

家に帰ろうと歩き出したところに初美がいた。

「ふ〜ん」

その怖い顔とイヤミな態度はなんなんだ。おまけにスタスタと先に行く。完全に怒っている。なぜだ。

浮かれるっていうのは、こういうことをいうんだろうな。私は家に帰り着くまで、ふわふわと雲の上を歩いているみたいだった。

エレベーターを使わずに階段を上がった。隅田川がいつもよりずっと輝いて見えた。

家に入ったら、悠輔との時間が終わってしまうみたいで、私はドアの前にしゃがみ込んだ。

でも――。

どうしよう。どんどん好きになってる。すぐに終わっちゃうのに。

「美雪?」私の名前を呼ぶ声で我に返った。

「お母さん……」

京都にいるはずの母がそこにいた。

「どうしたの? 大丈夫? 具合でも悪いの?」

慌てて駆け寄ってくると、私の額に手を当てた。

「違う違う。違うの。大丈夫だから心配しないで」

家に入ってからも、母はしつこいくらい大丈夫? を繰り返した。

「本当に大丈夫だって。っていうか、お母さんこそどうしたの？」

「本当は日帰りのつもりだったんだけどね」

母は京都でファブリック、つまり布製品のデザインの仕事をしている。母は若い時にフィンランドに留学してデザインを学んだ。その時にヘルシンキで父と出会ったのだ。結婚して私が生まれて、母は仕事を辞めるしかなかった。私があまりにも病弱だったから。

中学二年で父を亡くし、高校卒業後、私は迷わず就職することを選んだ。母は大学へ行きたいなら行っていいよと言ってくれたけれど、これ以上母に負担をかけたくなかった。私のために誰かが夢を諦めるなんて絶対に嫌だった。

だから、京都の会社から京都の織物とコラボしたファブリックのデザイナーを探しているという話があった時、私は強力に京都行きを勧めたのだった。

「なんかお母さん生き生きしてる」

本当にそう思う。すっかりスーツ姿がサマになって、我が母ながら綺麗だと思う。母親がこれだけ美人なんだから、私だってちょっとは見られるはずだと思いたい。

母は私のことをまじまじと見て言った。

「ね、メガネどうしたの？　服の感じ変わった？　明るくなった」

「え、そう？　いや、たまたまだよ」

やっぱり母親の目ってすごい。というか、わかりやすいのか、私。

メールの着信音が鳴った。見ると、悠輔からだった。

『ちゃんと家着いた？』

うわ、心配してくれたんだ。こんなことまで頼んでなかったのに。私は軽く感動していた。

『うん。ありがとう』

すぐに返事をする。でも、浮かれていることがバレないように一行だけ。すると、驚いたことにまたすぐにメッセージが届いた。

『今日は手伝ってくれて、ありがとう』

ダメだ。もうニヤけてしまう。

「彼氏、できた？」

母の目はごまかせない。

「いや、まあ、そんなような、そうでもないような」

「なにそれ」

「ま、すぐ別れると思うし」

さすがに親にお金で恋人契約したなんて言えるわけがない。そもそもあと一年と宣告されたことだって話してないのだから。

でも、母は完全に女友達の顔になっていた。子供の頃から、母は親であり、親友であり、そして父が死んでからは私を守る父親になった。でも、今は本当に嬉しそう。

「ね、写真見せてよ。写真、写真、写真」

高校生か。私はもったいぶって画像フォルダを開く。恥ずかしがる悠輔と無理やりツーショットを撮ったり、働いているところをこっそり隠し撮りしたりした写真だ。誰にも言えないけど、私的には文字通り冥土の土産ってやつだと思ってる。

「うわー、カッコいいじゃない！　美雪のタイプ」

「え、なんでわかるの？」

「ちょっと不良っぽくて、ぶっきらぼうなんだけど、実は優しくて繊細、みたいな感じ。ほら、少女漫画なんだけどさ、あなた、よくそういうの読んでたじゃない」

母はなんでもお見通しってわけか。それはそうだ。私はずっと恋に恋する乙女だった。現実に告白するとかされるなんてことは、夢のまた夢だったから。

あんまり恥ずかしくて、「お茶淹れてくる」と席を立った。キッチンに行って、冷蔵庫からペットボトルを出そうとしている時に、また着信音が鳴った。

『今度、うち来ない？　妹弟紹介したいし』

エーッ。叫び出しそうになるのをぐっと飲み込んだ。仕事場に呼んでくれたし、ガラス工房にも誘ってくれた。今度は自宅？　でき過ぎでしょ。

母がこっちを見てないのを確認して、私は例のノートを取り出した。自分で書いた一文が目に飛び込んでくる。

――彼の家で家族と食事
声に出したというか、文字にしたら本当に実現しそう。その次に書いてあるのは
――彼と旅行……いくらなんでも無理か？

ダメダメ。あんまり欲張ったら、神様が怒りそう。私はノートをそっと閉じた。

ベッドに寝ころんで、美雪にメールした。珍しいことをして気持ちがいくらか上がっていたせいだろうか、つい自宅にまで誘ってしまった。向こうはどこに住んでいる

のかも言おうとしないのにな。そういえば、どうして平日ヒマなのか、学生なのか、仕事はしていないのか、そういうこと、ちゃんと聞いてなかった。美雪が百万円をポンと出したことで、俺は勝手にお嬢様だと決めつけていた。

お嬢様がこの家に来たら驚くだろうな。どこに座ればいいのかきっとわからないだろう。あまりの狭さに。俺は思わず笑いたくなった。

しかし、問題は初美だ。夕飯を食べ終わってもまだ口もきかない。

「なに怒ってんだよ」

もっと優しく聞ければいいのだろうが、なかなか難しい。

初美は俺をキッとにらんだ。怒った顔は死んだおふくろによく似ている。

「約束したじゃん、きょうだいの間で秘密はなしだって。彼とか彼女とかできたら紹介するって」

「え、そうだったたっけ」

寝ころがってマンガを読んでいた浩輔がとぼけた声を上げ、「うるさい、浩輔」と初美に一蹴された。初美、それは八つ当たりだろう。俺だってそんな約束をした記憶はない。

「それはわかったよ。呼んだから、家に。ま、すぐ別れると思うけど」

「へえ、それは楽しみだわ」

「なんか、怖いよ、おまえ……」

若干波乱の予感がする。しかし、どっちにしたって、長く付き合うわけじゃない。そう考えた時、フッと寂しいような気がした。いや、気のせいだろう。

この日、午後から休みだった悠輔が連れてきてくれたのは、ガラス工房だった。都心から電車で十五分、バスで二十分。静かな住宅地の中、大きな木々に囲まれ、そのガラス工房はあった。

「まあ、いいからついてこいよ」と行き先も告げずに連れてこられた。仕事と家のことで忙しい時間の合間に作品をつくっている。私と会うことなんか、時間がないと断れば済むことなのに、こんなふうに同行させてくれたのが嬉しい。

「へえ、珍しいな、悠輔が妹以外の女の子連れてくるなんて」

頭にバンダナ、首にタオルを巻いて、白い髭を生やした樹下(きのした)さんは、ガラス工芸の世界ではたくさん賞を獲って、美術館にも作品が収められているガラス作家なのだそうだ。一見怖そうだけれど、笑うと目がなくなって、優しそうだ。

「こいつの親父さんとはな、古い知り合いなんだ。よくガラスの話を肴に朝まで飲んだもんだよ。ヤツは大量生産、俺はこうやって一つ一つ全部違うもんしかできないって違いはあったけどな」

「親父にガラス作家の才能はなかったってことですよ。ま、俺にあるってわけでもないですけど」

「おまえがどうなるかはこれからの経験次第だな」

「もっともっと作品をつくらないとですよね」

店のお客さん以外に悠輔が丁寧な口を利くのを見るのは初めてだった。悠輔が樹下さんを尊敬しているのがよくわかる。

「違うよ。人生の経験って意味だ。作品を見れば、つくったヤツの人生が透けて見える。おまえにはまだまだ足りねえものばっかりだよ。おまえ、自分じゃ結構苦労してるって思ってるだろ」

「いや、そんなことは」

悠輔は頭をかいた。

「もっと恋愛しろ。本気で女に惚れてみろ。そんな経験ないだろ」

その答えは私も聞きたい。

「な、ないです」

「だからダメなんだよ。妹と弟を大事にするのは当たり前だ。恋は別だ」

「ハァ」

たじたじになる悠輔を見ているのがおかしくて笑っていたら、樹下さんは私に向き直った。ガラスの作品でも見るようにまじまじと見つめられた。

「お嬢さん、あんた……つらいな」

「え——」

何か見えたのだろうか。私の寿命とか？

「もしかして、霊感とかあるんですか」

「ねえよ、そんなもん。ま、あれだ。悠輔、この子は大事にしろ。なかなか出会えないぞ、こんだけまじりっけのないピュアな子は」

私がピュア？　お金で恋人契約するような女なのに。

悠輔が困ったような顔で私を見ていた。そのうちに樹下さんは離れたところで作業をしていた別のお弟子さんに呼ばれて行ってしまった。

「ガラス、つくるとこ見る？」

「うん！」

工房のドアも窓も大きく開け放たれていた。それでも汗が止まらないくらいに暑い。その暑さの源は据えつけられた四つの炉だった。どれも熱源は電気なのだという。

「冬でも汗かくくらい暑いよ。なにしろガラスの原料——珪砂(けいしゃ)やソーダ灰とかなんだけど、溶かす炉の中は一二〇〇度もある」

その炉の中はるつぼという陶器でできているのだと悠輔は説明してくれた。

「あ、もしかして『人種のるつぼ』のるつぼと同じ？　いろんな材料を入れて一つにするから」

「うん。そうだと思う。炉は二十四時間火を止められないから、先生は正月にるつぼを交換する時以外、休めないんだ」

工房には、ちょうど見学の高校生たちが来ていて賑やかだった。

「すみませーん。ちょっと教えてください。ピンクにしたいんですけど、どうすればいいんですかァ」

ジャージを着た女の子が悠輔を呼んだ。

「あ、はい。今行きます——その辺で適当に見てて。暑くなったら、奥の部屋に行けばエアコン効いてるから」

悠輔は私にそう言うと、声をかけてきた女の子の方へ走っていった。私は見学者の後ろで一緒に説明を聞くことにした。

「ガラスに色をつけるのは、金属や鉱物を混ぜて、化学反応を利用して出すんだ。ピンクを出したいなら、金だな。ちなみに緑はクロム、水色は銅、オレンジと黄色はセレン、白は酸化亜鉛、紫はマンガンだ」

女の子が手にした長い棒の先には、すでに熱い塊になったガラスがついていて、悠輔は説明しながら、その塊に好みの金属片をつけてあげている。それが模様になるらしい。

親切に人に物を教える姿が新鮮だった。

その後、悠輔は自分の作品づくりにとりかかった。長い棒を炉に差し入れ、水飴でも巻き取るみたいに引き出す。炉に向かうと、真っ赤な熱気を帯びた光が悠輔の顔を照らし、たちまち玉のような汗が浮かんではしたたり落ちていく。

吹き棹と呼ばれる棒は空洞になっていて、その端に口をつけてフッと吹くと、熱いガラスが生き物のようにふくらんで形が変わった。私はワッと声を上げた。テレビで見たことはあったけど、こうして実際に見ると迫力が全然違う。

「あれはポンテ棹っていうんだよ。漢字で書くと棹。竿じゃなくてね」

戻ってきた樹下さんが、熱いぐにゃぐにゃした塊が透き通って透明で繊細なガラス製品になるまでのあれこれを教えてくれた。水の入ったバケツに形ができたグラスを一瞬つけることで全体にヒビが入るアイスクラックという模様のつけ方も私のために実演して見せてくれた。

悠輔は私がいるのも忘れたように作品づくりに没頭していた。

ふくらんだ塊をつけた棹を椅子の両脇についた金属製の手すりの上に渡し、座ってゆっくりと転がしていく。柔らかいガラスはお餅のようだったが、やがてゆっくりと冷めながら形になっていく。その様子が不思議で目が離せない。そして、彼の真剣な顔にも。

「あいつ、粗削りでまだまだだけど、たまにハッとするくらい光るもんをつくることがあるんだよ。ホントにごくたまにだけどな」

樹下さんが言った。父親が息子を見るみたいに目を細めている。

「あんたと付き合って、ひと皮むけるといいけどな」

私はなんと答えていいのかわからない。たった一カ月の契約の恋人で、私なんかが悠輔がつくるものに影響など与えられるわけがない。別れた後、彼は私のことなんて、あっという間に忘れてしまうだろう。

そう思ったら、少しさみしくなってしまった。自分で決めたことなのに。奥の事務所になっている部屋で悠輔を待つことにした。

事務所に入ると、大きなクリスタルのオブジェが目に飛び込んできた。白い鳥が大空にはばたこうとしているような形をしていた。

「すごい……」

見入っていると、

「それ、うちの人の代表作なのよ。タイトルは『希望』ですって。何のひねりもないでしょ」

いたずらっぽい声でそう言って入ってきたのは、樹下さんの奥さんだった。紺色の麻のワンピースが涼しげで、ほっそりした体によく似合っていた。

「銀座の宝石店からショーウィンドーに飾りたいってオファーがあったのに、あの人ったら、断っちゃったのよ」

「えー、どうしてですか」

「宝石店でしょ。主役はあくまで宝石。これにツタをからませたりして飾りつけて、ネックレスを掛けたいって言われたから。俺の作品はハンガーじゃねえ、ですって。たくさんの人に見てもらえるんだからいいじゃないねえ」

　ま、わからないでもないけどと付け足したところを見ると、たぶん奥さんも同じ意見だったのだろう。

「暑苦しいでしょ。工房もうちの人も」

　そう言って冷たい麦茶を出してくれた。麦茶の入ったグラスは、海のような青いマーブル模様で、ところどころにピンク色の模様が花びらみたいに入っていた。

「これ、素敵ですね。樹下さんの作品ですか」

「悠輔君のよ。あの子がガラス始めて最初の頃につくったの」

「へえ、悠輔が」

　私はもう一度手の中のグラスをまじまじと見た。

「ホントは失敗品なの。彼はブルー一色にしたかったらしいんだけどね、色付けの鉱石を入れる時に、前の人が使ったものが台に残ってて混じっちゃったらしくて。だから捨ててくれって言われたんだけどね、私は逆にそこがいいと思って。こっそりとっておいたの」

だから彼には内緒よと奥さんはいたずらっぽく笑った。笑うと目の横にできるシワがキュートだ。こんなふうに歳をとりたいと思う人だった。

「そうですよね。思った通りにならなかったからって失敗って決めつけることはないですよね」

「でしょ。人生と一緒。思い通りになることばかりじゃないわよね」

私は大きくうなずいた。思い通りになったことなんて、今までほとんどない。今こうして悠輔と付き合えていることが奇跡なくらいだもの。

それから、奥さんから工房の維持のことや、通ってくるガラス作家の卵たちの話などを興味深く、楽しく聞いた。

ガラス作家になるのは、かなり大変らしい。コンクールに入選して名前を知られるようになる人もいれば、ネット時代の現代らしく、自分の作品をＳＮＳやブログにアップして評判をとるようになる人もいるのだそうだ。

「今は個性の時代だからね。ここへ来た時は不器用だった子でも、ちょっと変わったものをつくってSNSにアップしたら、外国の人が見て話題になって、フランスのテレビCMに使われたなんてこともあったのよ」

「へえ。すごいですね」

一緒に出掛けても、写真を撮ったり撮られたりする様子が全くない悠輔が自分の作品をネットにアップするところなんて想像がつかなかった。

「ここだけの話だけどね、うちの人、いずれこの工房を悠輔君が継いでくれたらって思ってるのよ。もちろん本人には言わないけど」

「そうなんですか」

奥さんはうなずいた。修業時代の樹下さんと悠輔のお父さんは友達でありライバルだった。悠輔のお父さんは、親の代からのガラス工場を継ぎ、樹下さんは自力でこの工房を開いた。互いに忙しい二人が会うことはあまりなかったけれど、幼い頃からよく遊びに来た悠輔は、子供のいない樹下夫妻にとって親戚の子供みたいなものだったのだそうだ。

「そろそろ帰るぞ」

悠輔が入ってきた。首に巻いたタオルで顔の汗をぬぐっている。悠輔は私が手にしていたグラスに気づいた。

「あ、ちょっと。それ、捨ててくださいって言ったやつですよね。うわ、美雪、見るなよ」

「見るなって、もうこれでさんざん麦茶飲んじゃったよ。別に漏れたりしなかったし」

「当たり前だろ。そこまでひどくねえよ」

私たちのやりとりに奥さんが笑い転げていた。

「今度もっと素敵なのつくってあげなさいよ」

悠輔は「そうですね」と照れたように笑った。私たちは工房を後にした。

あたりは夕焼けに包まれていた。さっき見た熱いガラスの玉みたいな夕陽が歩道を染めている。来た時よりも風が涼しく感じられた。

忙しそうな樹下さんに挨拶をして外に出ると、奥さんが通りまで送ってくれた。

「また来てちょうだいね」

私たちがバスに乗ってもまだ手を振っている。奥さんの姿がどんどん小さくなっていく。

「いい人たちだね」

「ああ。うちの親が死んだ時にはずいぶん世話になったんだ。まあ、今もだけど。いつか俺も樹下さんみたいな作家になりたいんだ」

「そっか。なれるといいね。ううん、悠輔ならきっとなれるよ」

真っ直ぐに将来の夢を語れるってなんて清々しいんだろう。私はちょっと涙ぐみそうになって慌てた。

「ね、今日つくったの見せて」

「置いてきたんだから、持ってないよ。これから二日かけてゆっくり冷ますんだから」

「そっか。そうなんだ」

「また来るか？」

「うん！」

悠輔が言う「また」なら契約期間の内だ。素直に嬉しかった。

帰りの電車で、よほど疲れていたのか、悠輔は眠ってしまった。肩にかかる重みと温もり。なんだかとてもいい。

私は窓の外を流れていく景色を見ながら考えていた。もしも、私にもっと時間があって、将来の夢を聞かれたら、なんて答えたんだろう。去年までは、図書館司書になることだった。おばあさんになるまで本に囲まれて生きていければ、それで幸せだと思っていた。

なのに今は選択肢を持つことすら許されない。悔しい。なんで。なんで私だけ。そんなふうに考えると、目の前が暗くなる。私は目を閉じた。

今は……考えちゃダメだ。今日楽しかったことだけを覚えておくのだ。

翌日は病院でまた検査を受ける日だった。

ひと通り終わった後、若村先生にカウンセリングルームに呼ばれた。忙しい先生はなかなか現れない。私は本を読みながら待っていた。でも、文章が頭に入ってこない。悠輔と過ごした日のこと、話したこと、そんなことばかりが思い出されてしまう。

若村先生がお待たせと言いながら、バタバタと入ってきた。

「なあ、美雪ちゃん。たまには外で話さないか？　ここ辛気臭いし、俺、まだ飯食ってなくてさ」

　あまりいい話じゃないのは想像がついたけれど、私は元気に立ち上がった。先生が不思議そうな顔をした。

「なんか、いいことあったの？」

「聞きたい？」

　近くのカフェに着くまでに、私は悠輔と恋人契約をしたこと、水上バスと水族館のデートのこと、ガラス工房に連れていってもらったこと、今度は彼の家に招かれていることなどをすっかり話し終えていた。

　先生はさすがに契約というところに驚いたようだった。

「ずいぶん思い切ったこと言ったもんだね」

「うん。だって先がないのに、本当の恋愛なんてできないじゃん。だから、期間限定。思い残すことないって感じで終われるわけ。相手にも迷惑かけないし」

「できるのか？　そんなこと」

「できない。全然できない……もう好きになり過ぎちゃって、今から契約終了がつらすぎ。考えただけで泣きそう」

それは本音だ。私はもうすでにはっきりと悠輔を好きだという気持ちになっていた。たぶん最初デートした日からそうだったのだと思う。

そして、私は百万円も払ってつらい思いをする。今が楽しければ楽しいほど、あとのつらさは容易に想像できる。

「でも、楽しいんだよな、今？」

「うん」

それは本当だ。期間限定でも、今は最高に楽しい。私は若村先生にも悠輔の画像を見せた。世界中に私の彼氏ですと叫びたい気分といっても過言じゃない、そんな感じだった。

「お似合いだな」

「え？　ホント？　嬉しい」

「幸せそうだな。笑うとな、免疫力がアップするんだ」

だったら私、余命が少しは延びるかもしれない。

コーヒーミルクを切らすという、カフェにあるまじき失敗で、買い物に出かけた。

ガラス工房に美雪を連れていったことで、また一歩恋人らしくなれたつもりでいた。もちろん嫌いな相手だったら、絶対に連れていかない。美雪も楽しそうだった。これからどうするかは全部彼女次第だよな。契約期間が終わっても、向こうが付き合いたいというなら考えてもいい。

そんなことを考えながら俺は店に戻る途中だった。ついでに最近できたカフェを見てみようと回り道をした。

窓際の席に美雪がいた。向かい側の席には年上の男。えらく楽しそうに笑っている。

なんなんだ、この気持ち。一カ月の契約だ。いわば俺は雇われた身。雇い主が何をしようと関係ない。気まぐれなお嬢様のお遊びに付き合ってやればいいだけ。大方年上の彼氏が忙しすぎてかまってもらえないから、ヒマな時間を俺と会って恋愛ごっこをしたいなんてとこだろう。

それなのに、こんなにも胸の奥がざわつくのはなぜなんだ。

ひとしきり悠輔の話を聞いてくれた後、若村先生は時計をチラリと見た。楽しい時間が終わりかけているのがわかる。

「で、検査結果は？」

先生は耳をかいた。

そっか……ほんの二、三日楽しく笑ったくらいじゃ、何も変わらないのか。

「ごめん。ごめんな」

自分が悪いわけでもないのに、先生は私に頭を下げ、思ったよりも病状の進行は早いことを説明し始めた。ただ、唯一の希望は、次に使う予定の治療薬が効く可能性もあるということだった。

わかっていたことではあるけど、さすがに少し落ち込んだ。現実は着実に迫ってくる。

先生には先に店を出てもらって、私は一人気持ちを落ち着かせるために座り続けていた。

悠輔の前では、いつもの私でいたい。

待ち合わせの時間になって、私はＶＯＩＣＥに向かった。もう大丈夫。これから悠輔に会うのだ。自然と笑顔になれる。

今日は岩永さんがシフトに入ってくれ、悠輔も夕方には店を出られるというので、悠輔の家を訪問することになっていた。

　手土産のケーキを買って、悠輔の住むアパートまで歩いた。私の家とは駅をはさんで反対側だから、ほとんど通ることはないけれど、距離的にはそれほど遠くなかった。こんなに近くに住んでいたのに、今まで一度も出会っていなかったことが不思議だった。

　狭いし、汚いからなとしつこいくらい言われていたけれど、私はちっとも気にならなかった。うちだって似たようなもんだよと言うと、悠輔は意外そうな顔をした。

　先日店で見掛けた妹も弟も、元気そうな子たちだったし、三人でいつも賑やかに暮らしていると聞いていたから、私一人が加わっても、それは変わらないんじゃないかと思っていた。でも、それは甘かった。

「こちらは平井美雪さん」と、悠輔は二人に紹介してくれたが、初美ちゃんは私の顔も見ずに低い声で「どうも」とつぶやいただけだった。

　初美ちゃんは居間のテーブルに食器を並べ、すき焼きの準備を始めた。私は「手伝います」と言ってみたが、「いいです。大丈夫です。いろいろルールがあるので」と不機嫌に言われてしまった。初美ちゃんは悠輔の方を気にしている。悠輔がハラハラしているのがわかった。

なんだろうこの感じ。悠輔をはさんで初美ちゃんとまるで三角関係みたいな……

「あ！　初美さん、そして私に嫉妬みたいな？」

「は？　そんなわけない」

「いやいやいや、そうですよね？　よくある、なんかいつもはケンカばっかりだけど、お兄ちゃんに彼女ができたら、なんかむかつく～みたいな、少女漫画みたいなアレですよね」

初美ちゃんは否定したけど、浩輔君が「ですよね」と同意してくれた。私はすっかり嬉しくなっていた。

「私、嫉妬されるの初めてなんです。人生初めてなんです。ありがとうございます！　うわぁ、そうか。感動しちゃった。そうか、そうなるのか」

初美ちゃんがますますムッとしているのがかわいくて、私は思わず言った。

「あ、でも心配しないで。お兄さんを取ったりしないから。全然大丈夫。すぐだし」

「すぐってどういうこと？」

悠輔が慌てて割って入った。さすがに家族に恋人契約のことは言えない。

「メシにしよう、メシメシ」

「椎茸、かわいいね。なんかこうぷっくりしてて。なんか、椎茸かわいい」

「そんな椎茸好きだっけ？」

「う、うん、好き」

　ごまかそうと思ったら、不自然にはしゃいでいるおかしな人になってしまった。そんな私たちを見て初美ちゃんがついに笑い出した。

　それからはウソみたいに話がはずんだ。私も初美ちゃんもムーミンが大好きだとわかったからだ。フィンランド大好き両親の集めたムーミンの絵本もアニメも家にしっかりとってあるというと、「今度貸して」と言ってくれた。そんなガールズトークがなんとも嬉しい。

「私、一人っ子だから、子供の頃、ムーミンが家にいたらなあって思ってたの」

「わかる！　私も！　私も！」

「ムーミン？　あんなカバが家にいたら、ジャマくさくね？」

　悠輔の言葉に、私たちは顔を見合わせ、次の瞬間、爆笑した。

「兄ちゃん、ムーミンはカバじゃないよ。妖精だよ」

浩輔君が冷静に説明したものだから、もう止まらない。おなかが痛くなるくらい笑った。

「ね、埼玉の方にムーミンランドができるって知ってました?」

「え、そうなの?」

「うん。できたらさ、今度一緒に行こうよ」

「……あ、うん。そうだね」

笑顔を消さないようにするのが精一杯だった。私はムーミンランドができる頃にはもういない。

「それよりおまえ、人のことばっか言うけど、彼氏いないのかよ」

テンションが落ちた私を見て、悠輔が話をそらした。初美ちゃんは、すぐに逆襲した。

「お兄ちゃんたち、どこで知り合ったの? どうせお兄ちゃんがナンパしたんでしょ」

「あ、いや、それはその——」

「違うの。逆!」

「えーっ、ウソ！　美雪さんから声かけたの？」

「はい。恋人になってくださいって言ったんです」

「マジで。ウケるわ。マジウケる」

「ウケねえよ。別にいいだろ。そういうのあったって」

私は、きょうだい三人がポンポン言葉を投げ合う会話が楽しくてたまらなかった。

「あ、でも、わかるわ～。お兄ちゃんはね、人にはすぐ言うんですよ。『声出せよ、ちゃんと言えよ、思ってること』」

初美ちゃんの言葉に私が「言う！　言う！」と賛成すると、悠輔が不思議そうな顔で「言ってないだろ？　美雪には」と言った。

ああ、そうだった。この人は私たちがもっと前に出会ってること、全然覚えてないんだった。それに悠輔は「声出せ」が口癖だって自分で気づいていなかった。私はそんな悠輔が面白くてたまらなかった。

居間のサイドボードにはガラス細工がたくさん飾ってあった。お店には置いていないオブジェもあった。

「こういうのつくるってことは、美大とかなんですか？」

悠輔の今の仕事は知っていても、どんな学校を出て、どんな仕事をしてきたのかは聞いたことがなかった。

「お兄ちゃんが美大？」二人は笑い転げた。

「違うの？」

「前に話しただろ。死んだ親父がさ、ガラス工場やってたんだ。ま、アートとかじゃなくて、普通のガラスの食器とかつくってるところなんだけど。でも、親父とおふくろが死んですぐなくなっちゃったんだけどね」

遺品の片づけをしていたら、父親の手づくりのグラスが出てきたのだという。ひどく不格好で、初美が捨てようとしたほどだった。

「でもさ、なんかいいんだよね。さわり心地っていうか、重みっていうか……なんかあったかいんだよね。親父の手の温もりっていうか。そしたら、俺もやりたくなってきてさ。俺にもそんなのつくれたらなあとか思って」

初美ちゃんが「単純」と鼻で笑って、浩輔君が「その時工場で一人号泣してた話は？」とバラされ、悠輔が浩輔君の頭をひっぱたいた。

私は――涙が止まらなくなっていた。自分でもなぜ泣いているのかわからない。ただ、悲しい涙じゃないことは確かだった。いつも強気な悠輔にも、そんな悲しくて、そして温かい思い出があったんだなと思ったら、グッときてしまった。

初美ちゃんと浩輔君が「兄ちゃんが泣かした」とはやし立て、私は笑った。泣いて笑って、相当おかしな顔になっていた。

帰る頃には、二人とはすっかり仲良くなった。あと一カ月弱の間にまた会えたらいいなと思った。

帰り道、悠輔が送ってくれて、川べりの道を並んで歩いた。

「きょうだいっていいね」

「時々面倒くさいと思うこともあるけどな。でも、まあ、あいつらをしっかり大人にするのが、俺の責任っていうか……親父とおふくろに恥ずかしくないようにっていうか。って、こんな話をしてる方が恥ずかしいな」

悠輔は照れたように笑った。そして、お父さんの工場のことをもう少し話してくれた。

工場では、機械の音が大きいから何を話すにも大声で、そのせいでいまだにきょうだい全員声が大きいこと、食事は職人さんたちの分まで母親がつくって、みんなでワイワイ食べていたこと、両親は忙しかったけれど、工場の人たち皆に見守られて子供時代は案外楽しかったこと。思い出を語る悠輔の横顔は優しい。

そして、そんな両親が交通事故で亡くなって、工場は続けられなくなった。工場にはかなりの負債があった。それまで住んでいた家も手放し、多くはなかった保険金も返済に回すことになり、高校生だった悠輔は進学を諦めて、妹と弟のために働き始めた。

「大変だったんだね」

「あんまりそんな風に感じたことはないかな。親が死んでからこの六年あっという間でさ」

「えっ、お父さんとお母さん亡くなったの六年前なの？」

「うん、そうだけど」

「うちのお父さんが亡くなったのも六年前」

「へえ、そうなんだ……。お父さんってどんな人だったの？」

「うーん、優しくて面白い人。普通のサラリーマンだったんだけどね。すっごく元気だった。でも、突然……。あ、でも、その話はまた今度ね」

今そんな話をしたら、泣いてしまう。それに今は私の話をするよりも、悠輔の話を聞いていたかった。

「あ、そうだ、これ、あげるよ」

悠輔がポケットから取り出したのはガラスのペーパーウェイトだった。透明なガラスの底に綺麗なブルーの模様が透けて見える。悠輔の体温でほんのり温かい。

「いいの？」

「うん」

それは、先日樹下さんのガラス工房に連れていってもらった時に悠輔がつくったものだった。私がそばにいる時に思いつき、あの真剣な顔で大切につくったものなのか。すごく尊いものに思えた。

お店、ガラス工房、そして自宅。彼は私にどんどん自分の世界を開いて見せてくれる。

そんな高揚感からだったと思う。私は言ってしまった。

「ありがとう。ひょっとして私のこと、本当に好きになっちゃったりして」

冗談めかして、思い切って言ったのに。

「はぁ？　そんなことあるわけないでしょ」

「……ないですよね、ハハ」

　やっぱり現実は甘くない。こぼれるな、涙。彼はお仕事として恋人を完璧に演じてくれている。それ以上求めちゃいけない。

　少し先を歩いていた悠輔が振り返った。

「どうしたの？」

　この数秒間で私は決めていた。

「ちょっといろいろ都合があって、一気に終わらせましょう、契約」

「なんだよ、都合って」

「いろいろです。なので、最後の大イベント。そこで終わり」

「別にいいけど。そっちが決めることだし」

　いいんだ。私と会えなくなっても別にどうってことないんだね。私はバッグから「じゃん！」と一冊の本を取り出して見せた。

「フィンランド」

　いつも持ち歩いているフィンランドの旅行ガイドブック。それを悠輔に押しつけた。

「まあ、オーロラは見られない季節なんですけどね」

悠輔は、まだキョトンとしている。勢いで押さなきゃ絶対折れる。

「レッツゴー！」

言えた。自分から男の人を旅行に誘ってしまった。しかも、海外。しかも、フィンランド。すごい——。


わけがわからなかった。今日家に美雪を招いて、結構楽しく過ごせたと思う。俺たちきょうだいのやりとりを聞いて涙ぐまれたのには驚いたけど、親の話をしたせいだろう。同じ頃、同じように親を亡くしていたと知って、心の距離が縮まったような気さえした。

だけど、なんで一気に終わらせるんだ。なんだよ、都合って。

なんで旅行なんだ。

なんでフィンランドなんだ。

急に言い出されたことに俺は戸惑っていた。頭に浮かんだのは、カフェで見かけた年上の男のことだった。親が決めた金持ちの婚約者かなんかで、もう結婚が近いとか、そんなことなのか。

俺は彼女のことを相変わらずなんにも知らないままだ。

しかし、店もあるのに、旅行なんか行けるわけがないと思っていた。ところが、ちょうど翌週は店の水道管の交換工事が決まっていた。つい愚痴をこぼすように岩永さんに話したら、今まで長い休みを取ったことのないことを申し訳なく思っていたらしく、絶対に行ってこいと背中を押された。

初美と浩輔に言うのが一番照れくさかった。

「えー、新婚旅行？」

単純な浩輔は、大声を上げた。

「そんなわけないでしょ。イマドキの恋人たちは結婚前に旅行とか行くの。それで、結婚してもやっていけるかとか、慣れない場所で頼りになるかどうかとか見極めるの」

俺は絶句した。

「初美。おまえ、そんなことどこで覚えたんだ。っていうか、そういうものなのか？」

「ジョーシキ。行ってきていいよ。ただしお餞別は出ないからね。それとお土産リスト書いといた。美雪さんに迷惑かけちゃダメだよ」

おまえは母親か。そうツッコミながらも、初美と浩輔が気持ちよく送り出してくれたのは助かった。

そうはいっても、契約が終わって、美雪と会わなくなったら、あいつらにはどう言えばいい。旅行で嫌なところを見せてしまって振られたとでも言うか。

それにしても、妹の口から出た結婚という言葉にドキリとしたのは事実だ。まったく女ってやつは。第一美雪にそんな気は毛頭ないはずだ。俺はつまらない考えを頭から振り払った。

そして、一週間後、俺は美雪と成田空港にいた。ちなみにパスポートは、昔のサッカー部の仲間とワールドカップを見に行く弾丸ツアーをした時につくったものがあった。

美雪は終始楽しそうだった。預けた荷物のタグが貼られた用紙の裏側にムーミンが印刷してあったといっては写真を撮り、機内で出された紙ナプキンや毛布がマリメッコだと言っては喜んでいた。俺にしてみれば、なんだそれ？　って感じだが、楽しそうな美雪を見ているのは悪くなかった。

「今頃天国で、うちのお父さんと悠輔のご両親が会ってたら楽しいよね。同じ年に天国に来た同期ですねなんて」

冗談だか本気だかわからない言葉に噴き出した。まあ、確かに同じ頃、俺たちは同じように家族を失ったんだよな。

母親とは一緒に住んでいない様子だった。だが、深くは聞けない。

明かりが落とされ、なんとなくお互い黙ってしまった。ふと見ると、美雪は眠っていた。長いまつ毛の影が透けそうなくらい白い頬に落ちている。

一瞬、なぜか彼女が消えてしまうような錯覚にとらわれた。

どうかしてる。いずれ美雪は俺の前から去っていくことは決まっているのに。そんなことを考えていたら、全然眠れないまま飛行機は着陸態勢に入っていた。

ヘルシンキ・ヴァンター国際空港に到着。北欧だって夏だけれど、一歩外に出ると、東京よりずいぶん涼しく感じられた。空はうす曇りだった。

「なんだかのんびりしたとこだな」

首都の空港だというのに、日本の地方空港くらいの大きさだし、飛行機の便数も乗客もさほど多くない。悠輔はあたりを見回して不思議そうな顔をしている。

「荷物持とうか？」

「大丈夫。重くないから。でも、ありがとう」

ちょっとした気遣いが嬉しかった。男の人と一緒に歩くのっていいな。守られてる気がする。たぶんそれは相手が悠輔だからだとは思うけど。

今日から丸三日悠輔と一緒。旅行の間にきっといろんなことを感じると思う。いいことばかりじゃないだろう。ケンカもするかもしれない。

でも、その全部を覚えておこう。

空港から市内に向かうバスの中で、私は窓に頭をもたれかけて眠りこけている悠輔の横顔をチラチラ盗み見ていた。飛行機があまり好きじゃないのか、悠輔は、映画を一本見た後あまり眠ってなかったようで、今頃睡魔に襲われたみたいだ。

思い出づくり。それがこの旅の目的だ。どんなに好きになっても、彼は契約の恋人を演じているだけだとわかってしまった。だから、せめて別れた後、最期の時までときどき取り出して幸せな気持ちになれるような思い出をつくる。

私だって文字通り必死なのだ。そうじゃなかったら、私が男の人を旅行に、しかも海外旅行に誘うなんてありえない。

エアポートバスはヘルシンキ中央駅に着いた。

ヘルシンキの街は都会で賑やかだけど、東京よりずっとのんびりしている。建物がみんな重厚で、まるで映画のセットの中にいるような気がする。

ヘルシンキ中央駅は、ドアを開けて少し進めば、もうプラットホームというコンパクトなつくりになっていた。

「急いでないよな。入ってみようぜ」

三十分ほど爆睡したせいで、すっかり元気になった悠輔が目を輝かせて言った。

駅構内に足を踏み入れると、ガラス張りの天井から明るい陽差しが降り注ぐプラットホームが連なり、どこへ行くのか、旅行者たちが急ぎ足で列車に向かっていた。

「列車、カッコいいな」

白地にグリーンのラインが入った日本の新幹線にちょっとだけ似ている列車が滑るように入ってきた。

「あれ、『銀河鉄道９９９』の列車に似てる」

悠輔が指さす先には、チョコレート色の車両があって、その脇に制服を着た車掌さんが立っていた。

「銀河鉄道って。古いよ」

「なに若ぶってんだよ。知ってたくせに」

もちろん図書館には漫画も置いてあったからね、とは言わず、笑ってかわした。

そう言えば、悠輔は私のこと、何も聞いてこない。どんな食べ物が好きか、苦手なものは何かなんてことは普通に聞くけれど、家まで送るというのを断ってから、私が何をしている人なのか、誰と住んでいるのかといったことは一度も聞かれたことがなかったし、私も話さなかった。興味がないのだろうか。

私が自分から話さないのは、たった一カ月の付き合いで、いずれ忘れられてしまうのなら別にいい、今が楽しければいい、と思ったからだ。それよりも、私は彼のことを知りたかった。

「な、あれ、うまそう」

悠輔が指さしたのは、売店のフルーツだった。イチゴやラズベリーが段ボールごと並べられ、南の方で採れたことと一パック五ユーロという値段をマジックで書きつけた紙が貼られている。

「日本のより大きいね。あれでミックスベリーワッフル、つくりたくなった?」

「あ、今、バカにしただろ。したよな」

「してないって。悠輔のワッフル、大丈夫って言ったでしょ」

「だから、なんだよ、大丈夫って」

「まあまあ。でも、今は買わないよ。ベリーは朝市で買うって決めてるの。ほら、行こう」

私は笑って、そして列車の方を一度だけ振り返った。悠輔と列車の旅も楽しいだろうなと一瞬想像してしまったのだ。ただの移動なんかじゃなく、どこまでも遠く揺れていくのだ。たまにお弁当を食べたり、居眠りしたりしながら、窓の外に広がる景色の中に珍しいものを見つけては指さして教え合う。フィンランドに着いてから、私の想像は止まらない。もはや妄想だ。

「トラム、乗ろうぜ」

「ハイハイ。ちょっと待って。フリーチケット、買ってくるから」

「いいよ、俺が行く。ここで待ってて」

「え、いいの？　お金ある？」

今の言い方、上からに聞こえてなければいいけど。

「ある。ちゃんとユーロに両替してきた。待ってろ」

悠輔は自分のスポーツバッグを私に押しつけると、走っていってしまった。

ここまでの旅費もホテル代も、もちろん私が払った。最初悠輔は、すでに百万円もらってるんだから自分の旅費は自分で出すと言い張ったのだが、私は受け取らなかった。恋人契約が始まってからも、ちょっとしたことで先にお金を出してくれて、後からいくら返すと言っても、「面倒くせえ」と受け取ってくれなかった。

そういうのって男の人のプライドなのかな。なにせ私の恋愛のお手本は少女漫画だ。漫画には、デートでどっちがお金を出すとか、トイレに行くタイミングとか、そういう生々しい描写はほとんどない。

そんなわけで、デートの時はときどき彼が払ってくれたりしていたのだけど、この旅行は別だ。私が納得するためで、完結するための旅だもの。悠輔に迷惑はかけたくなかった。悠輔のお金は、初美ちゃんと浩輔君のために使ってほしかった。

いけない。またつまらないことをぐるぐる考えている。

駅舎をスマホのカメラに収めてしばらく待ったが、悠輔が戻ってこない。どこまで行ったのだろう。悠輔の携帯にかけてみた。預かっていたスポーツバッグから呼出音が聞こえた。

だんだん不安になってくる。到着した途端に迷子？　離ればなれ？　まさか事故に遭ったとかじゃないよね。ひょっとして誘拐されたりして。初美ちゃんと浩輔君になんて言えばいいんだ。身代金なんて払えない。私の妄想はとどまるところを知らない。

どうしよう、どうしよう。心配しすぎて気持ち悪くなってきた。

「悪りぃ。ごめん」

悠輔が出ていったのとは反対方向から戻ってきたのは、三十分後だった。その顔を見た途端、私は安堵のあまりしゃがみ込んでしまった。

「おい、どうしたんだ。大丈夫か？」

悠輔は私の顔を覗き込み、なぜか背中をさすってくれた。

「……心配し過ぎて、気持ち悪くなった。お願いだから、離れる時は携帯は持っていって」

「あ、ごめん」

「迷っちゃったの？」

「うん。あ、俺じゃなくて。日本から来たじいちゃんとばあちゃんがいてさ、こっちに住んでる娘さんに迎えに来てもらうはずが、待ち合わせの場所がわからなくなっちゃったって困ってたんだよ」

「えっ、それでどうしたの」

「地図見たら、反対側の出口にいるってわかったから、連れていった」

「ちゃんと会えた？」

「おう。会えた会えた。お礼にって、これもらった」

ポケットから取り出したのは、天津甘栗（てんしんあまぐり）だった。なんで甘栗？　気が抜けた。事故や誘拐まで想定していた自分がバカみたい。

「これ、美雪にやるよ」

くしゃくしゃの紙袋に入った甘栗は、きっと日本から来た夫婦が娘さんのために大切に持ってきたものだろう。

「その後、トラムのチケット買いに行ったんだけど」

ここで悠輔はちょっと恥ずかしそうな顔になった。

「なかなか通じなくてさ、その、英語が」

「あ、こっちの人は、年配の人だと、英語はあんまり話さないから」

「いや、若い女の子だったんだけど」

あ、そういうことか。別に私だって全然ペラペラってわけじゃないのだから、恥ずかしがることないのに。

「それで?」

悠輔は黙ってポケットから名刺大の黄緑色のカードを二枚取り出した。ちゃんと買えたんだ。

「三日間用でいいんだよな」

「うん! ありがとう! あ、お金……」

「いいって。待たせちゃったんだし。ホントごめん。心配、したよな」

「事故に遭ったかと思った。じゃなきゃ、誘拐されたかと思った」

「いや、誘拐はないだろ。誰が誘拐すんだよ、俺なんか」

「そうだけど。それくらい心配したんだってこと!」

なんか話がとんちんかんな方向に向かっている。でも、また悠輔の新たな一面を見つけたと思った。困ってる人がいたら、放っておけない。私の時と同じだ。あの時、一瞬で状況を理解して、ひったくりを追いかけてくれた。

きっとおろおろしていたおじいちゃんとおばあちゃんにも言ったんじゃないだろうか、「助けてって、ちゃんと声出した方がいいですよ」とかなんとか。


旅の出だしから美雪にはかわいそうなことをした。ここは東京じゃない。いきなり連絡手段もなく相手が戻ってこなかったのだから、どんなに心細かっただろう。

怒ってるのか。先を行く美雪の肩が震えてる。違う。笑ってんのか？　なんでだ。女ってやつは本当にわからない。

それでも、俺は初めての、そしてたぶん最後の美雪との旅を楽しいと思い始めていた。

お嬢様の気まぐれにしては、美雪はいつも真っ直ぐだった。わかりやすく素直で、まるで本気でデートを楽しんでいるように見えた。最初は訳がわからなかったが、ルールがわかって、彼女が望んでいるのは、どうやら普通に出会った普通のカップルがすることのようだと理解してからは、ただ自然体でいればよかった。

ホテルまではトラムに乗っていくことにした。タクシーじゃ簡単すぎてつまらないという意見ですぐに一致した。それに、苦労して手に入れたチケットを使いたい。

トラムは車道から直接乗り降りできる路面電車のようなものだった。ワンマン運転で運転手しかいない。改札もない。誰もが勝手に乗って、勝手に降りていく。最初に入り口のところに置いてあるカードリーダーにかざして登録した後は、その後何度乗っても、改札もなければチェックもない。極端な話、チケットを持たずに乗ることもできちゃうってことか。

「なんで、なんで？　これじゃズルしてもわかんねえじゃん」

俺の心配することじゃないが、あまりにゆるいシステムに驚いた。

「いや、私に言われても」

美雪はまた笑っている。

「うちのお母さんが言ってたけど、フィンランドっていろんなことにセカセカ焦らない国なんだって。職人さんが何かヒット商品をつくったとするでしょ。売れて注文が殺到してる時でも、絶対残業なんかしないんだって」

「え、それって、例えば、俺のつくったグラスがバカ売れして、みんなが買いたいって言ってるのに、つくりませんっていうようなものか？」

「そうだね。たぶんそんな感じ」

「うわ。俺なら寝ないでも工房から出ないな。誰かが欲しいって言ってくれてるなら」

「日本人の感覚ではそうだよね。でも、釣りに行く時間がなくなっちゃうからなんだって。フィンランドの人はバカンスとるのが当たり前だし、あくせく働かないんだって。もちろん中には、仕事中心の人もいるみたいだけど」

「自由だなァ。それはやっぱりあれだろ、社会保障が整ってるとかそういうことがあるんじゃないの」

「うん。そうかも。こっちの人ってみんなおおらかで優しいんだけど、根本的なとこが守られてると、人って優しくなれるのかもね」

　知らない国に一歩足を踏み入れるだけで、いろいろな発見がある。仕事と妹弟との忙しい生活、そしてガラスづくりだけでいっぱいいっぱいになっている生活を少し反省した。世界を広げずにいい作品などつくれるわけがない。いつも樹下さんに言われていることがおぼろげながらわかったような気がした。

トラムは速すぎでも遅すぎでもない、適度なスピードで街の中を進んでいく。両側をビルに挟まれた通りが突然開け、ガイドブックやポスターでよく目にしてきたヘルシンキ大聖堂が目に飛び込んできた。

「おー、すげえ。でかいな」

何段あるのかわからないほど長い階段の上に大聖堂は堂々とそびえ立っていた。到着した時には曇っていた空がいつの間にか晴れ、青空に映えてとても美しい。

大聖堂を過ぎ、今度は港が見えてきた。そぞろ歩く人たちがたくさんいる。カモメだかウミネコだかわからない白く大きな鳥が群れている。

たぶん俺はずっと「おおっ」とか「すげえ」とか「あれ！　ほら！」とか、そんなことしか言ってなかった。美雪にどんなに笑われても、いや、美雪が笑ってくれるのが余計に嬉しくて、素直に見たまま、驚いたままの感情を出していたんだと思う。

ホテルは大通りから少し入ったところにあった。入り口は広くなく、建物には趣があった。

「わあ、かわいい」

美雪が声を上げる。女の子の最上級のほめ言葉は「かわいい」だ。俺の「すげえ」

と似たようなものか。

チェックインは美雪に任せた。ホテルというだけで、なんとなく緊張するのは考えすぎか。

ここまでの航空券もホテル代も美雪が当たり前のように手配してくれた。いくら契約の範囲だと言われても、男としては多少気になってはいた。

そんなことを考えていると、フロントの男性が、俺たち二人を見て鍵を一つだけ寄越した。よく聞き取れなかったが、「素敵な夜を」的なことを言ったようだ。

「ノー!」

俺たちは同時に叫んでいた。

「ツールーム!」

フロントのスタッフは、一緒に来たくせに何を言うのだという顔をしていたが、どうにか理解してくれたようだった。

なんとか鍵を二つもらって、部屋へ向かう。部屋は二階だった。レトロなエレベーターがゆっくり上昇していった。部屋までの廊下は、天井がアーチ型に丸くなっている。すべてのデザインがしゃれている。

「天井高い。おしゃれだね」

「そうだな。結構歴史がありそうだ」

柱や梁に施された彫刻の模様が面白い。

部屋は廊下の突き当たり、向かい同士だった。荷物を置いたら、街の散策と食事に出ることになった。

「じゃ、三十分後にロビー集合ね」

「わかった」

俺の部屋からは小さな中庭が見下ろせた。よく手入れされていて、色とりどりの花が咲き乱れていた。

俺は荷物を投げ出すと、大の字になってベッドに寝ころんだ。

睡眠不足と時差ボケで、頭はぼんやりしていたが、不思議と疲れは感じなかった。

一体どんな旅になるのだろう。そして、旅の終わりに美雪は何と言うのだろう。恋人契約が終わった時、俺はどう思うのだろうか。

きっと楽しい旅になる。旅の終わりにさよならと言わなければいけないとしても。

素敵な部屋だった。アンティークなインテリアが落ち着く。窓から下の通りが見下ろせた。

ベッドに腰掛けてみた。ふわふわだ。

部屋に入って、ほんの一分悠輔と離れただけで、私はもうさっきまでの悠輔の声が恋しくなっている。成田を出てからずっと悠輔が隣にいた。まあ、迷子騒ぎはあったけど。悠輔は、目にしたものを素直に喜んだり不思議がったりする。一緒にいるとずっと笑っていられた。

急に決めた旅行だったから、旅行会社には無理を言った。去年の冬、オーロラツアーでレヴィに行った時、お世話になった小森さんという女性の担当者に電話をした私は、無茶苦茶なリクエストをした。

「この時期、フィンランドでオーロラ見られるとこに行きたいんです！」

絶句された。今考えても笑ってしまう。

悠輔と最後の時間を過ごすなら、オーロラを一緒に見たいと思った。

でも、今は夏。オーロラどころか白夜の時期だ。どんな魔法を使ったって無理な相談。それに、たとえ見られるとしたって、アラスカや南極じゃダメなのだ。フィンランドでなきゃ。

ピピッ。携帯のアラームが鳴った。薬の時間だ。

私はバッグから薬の袋を取り出した。グラスに水を汲み、一粒ずつ喉の奥に流し込む。

若村先生に言われたことがイヤでも思い出されてしまう。それは悠輔と一緒にいる間は考えないようにするつもりのこと。

先日、検査のために病院へ行き、カフェで一緒にランチをした日、先生は言った。

「そろそろ治療に専念するために、入院してほしい」

真顔だった。もしも離れたところから見ていた人がいたら、きっと「そろそろ一緒に暮らしたい。結婚してほしい」とでも言ったように見えただろう。

それくらい、いつになく真剣な表情だった。

「先生、一年は持つって言ったじゃない」

私は食ってかかった。一年は自由に動けるという意味だと思い込んでいた。

「もちろん一年は大丈夫だよ。でも、僕は美雪ちゃんには、少しでも時間をあげたいんだ。そのための入院なんだよ。通院治療だけじゃ、そろそろ限界なんだ」

先生は今にも泣きそうな顔になっていた。何十人、何百人の人に同じようなことを言ってきたに違いないのに、そのたびにこんなつらそうな顔をしているのだろうか。

ごめんなさい。

私はすごく自分勝手でわがままな人間だよね。

でも、これだけは許してほしい。悠輔とのこの旅行を最後のわがままにさせてほしい。

先生には直接言う勇気がなくて、メールした。返事は短かった。

『わかった。くれぐれも無理しないように。睡眠はしっかり取ること』

本当は怒っているに決まってる。それでも最後に『楽しんでおいで』とあったのが救いだ。

母には、何も言わずに来てしまった。ふだんも頻繁に電話をする方じゃないし、SNSでメッセージをやりとりするだけだから、東京にいるフリをして返事をするつもりだ。絶対にバレると思うけど、今は考えない。

そうして私は思い出をつくるのだ。最後の瞬間まで抱き締めていられる思い出を。

最初、そのためには、一カ月間普通のデートを重ねれば十分だと思っていた。一緒にご飯を食べたり、水上バスに乗ったり、水族館に行ったり、映画を見たり……その上、悠輔は自分の職場に誘ってくれ、ガラス工房に連れていってくれて、自宅に招いて家族まで紹介してくれた。これ以上何を望むことがあるかっていうくらい幸せだった。

でも、それは全部彼にとって仕事だったのだ。契約上、恋人として扱ってくれていただけだと、あの日わかってしまった。

「ひょっとして私のこと、本当に好きになっちゃったりして」

「はぁ？　そんなことあるわけないでしょ」

あれはショックだったな。

やっぱり私のことなんて好きになってくれるわけがない——。

やっと薬を飲み終わり、着替えた。この日のために買ったワンピース。ボタニカル柄が大人っぽい。それに鮮やかなオレンジ色のショールを合わせる。

以前の私だったら絶対買わない服だ。目立たないように、浮かないように、無難な色の服ばかり着てた。病弱な人間に華やかなものなんて似合わないって勝手に決めて。

念入りにメイクを直し、時計を見ると、待ち合わせの時間だ。

私は鏡の中の自分に気合を入れた。よし、大丈夫。ちゃんと綺麗……だと思う。

ロビーへ降りていく階段の途中で、悠輔がもう先に来ていたことに気づいた。

白いシャツに黒いジャケット。ちょっと照れたような笑顔。なんて素敵なのだろう。

ディナー予約してるって言ったから、ちゃんとしてきてくれたんだ。そういうさりげない心遣いができる人なんだよなと今さらながら思う。

目と目が合う。思わず微笑みがこぼれた。

「ふーん」

カッコいいねとは口には出さない。

「笑うなよ」

「別におかしくて笑ってるんじゃないです」

「そんなことあんのかよ？」

「あるの」

嬉しくて楽しくて、笑いが顔いっぱいにあふれそうで、私は先に立って歩き出した。

「おい！」

悠輔が慌ててついてくる。

ロビーを横切りながら私はふいに立ち止まった。

「一つお願いがあるんですけど」

「なに？」

「旅行の間、時計を見ないでください。一緒にいる時は、時間を気にしてほしくないの」

悠輔はしばらく黙っていた。やっぱり言うんじゃなかった。

しかし、悠輔は時計を外すと、私に渡してよこした。

「持ってて」

「いいの？」

「こっちにいる間は見る必要ないだろ。スマホも切っておくよ」

「それはいい。そこまでしなくていいよ」

もしも初美ちゃんや浩輔君に何かあった時、連絡が取れなかったら困る。それに悠輔は用がなければ、スマホなんて触らない人だとわかっている。

悠輔の腕時計はずっしりと重たくて、そして彼のぬくもりが残っていた。私は一度だけギュッと握りしめ、悠輔に差し出した。

「……やっぱりいい。時計はつけてて。ありがとう」

もう気持ちだけで十分だった。

「ふうん。なら、いいけど」

悠輔は腕時計をはめた。うつむくと、前髪が額にかかる。そんな些細な仕種にもドキッとする。こういうのも恋の病っていうのだろうか。

そんなことを考えていたら、気恥ずかしくなって、私は先に立って歩き出した。

レストランの場所はわかりにくかった。

地図を広げ、トラムの路線図と付き合わせる。トラムの路線は行き先ごとに色分けされている。

「今いるのがここだろ。一番近い停留所がたぶんこっち。ここからブルーのラインに乗ればいいんじゃない？」

「わかった。じゃあ、こっちだね」

歩き始めた私を悠輔が慌てて止めた。

「反対だよ！　もしかして美雪、方向音痴？」

「……わかる？」

「当たり前だろ。なんで地図見ながら反対方向に行けるんだよ」

悠輔が必死で笑いをこらえている。そんなにおかしい？

頭の中で世界中を旅行するというのが私の趣味だけど、自分の足で知らない場所を歩くことは、国内だってめったにない。

「なによ。そんなに笑わなくたっていいじゃない。だって、自分がどこにいて、どっちが正しい方向かなんて、普通わかんないよ」

「いや、わかるって。そういう時は、一番目立つランドマークを見つければいいんだよ。いいか、ここだと、このホテルがここだろ」

悠輔が地図を私に見せて、今いる場所を指し示した。息がかかるほどの距離の近さにまたドキドキしてしまう。

もう何度もデートをしているのに。こんなにいちいちときめいていたら身がもたない。落ち着け、私。

悠輔がポケットからスマホを取り出した。見ないって言ってたのに。すると、なにか操作して私に見せた。

「これ、使いなよ」

グーグルマップだった。あっという間に今自分がいる場所が表示され、どっちを向いているかまで小さな三角形が教えてくれた。少し歩くと、地図上の自分のマークも動き出した。

「すごい！　これなら、間違った方向に向かっててもわかるね」

「っていうか、この機能知らなかったの？」

「はい。方向音痴の上に機械音痴なもんで」

悠輔はまた笑い出す。こんなに笑ってくれるなら、私のダメなところだっていとおしく思えてくるから不思議だ。

「さて、お嬢様。最初はどこに行けばいいんですか」

行きたい場所は決まっていた。

「デザイン博物館」

「え、博物館？　渋いな」

「私のお父さんとお母さんが知り合った場所なの。つまり私のルーツ」

歩きながら美雪は、両親がフィンランドで出会ったという話を始めた。初めて聞く彼女の家族の話に俺は聞き入った。

美雪の母は学生時代、ヘルシンキのデザイン学校に留学していた。テキスタイルやファブリック、つまり布地のデザインを学ぶためだった。

「北欧は冬が長いから、身の回りを彩るものが明るくて楽しいデザインが多いんじゃないかって。うちのお母さん、マリメッコに憧れてて、それでフィンランドに来たかったんだって」

そう言いながら、美雪はちょうど通りかかったショーウィンドーを指さした。大胆なデザインの服をまとったマネキンが立っている。隣には白地に赤い花柄が印刷された布製品や食器などが展示されている。

「あの赤い花柄知ってる。あの柄のエプロン、おふくろが持ってたな。今は初美が使ってる」

「ああ、あれはね、ウニッコっていう有名な柄なの。昔からある定番のひとつ。私もポーチ持ってるよ」

ほらと美雪はバッグから取り出して見せた。相当使い込んだもののようだ。

「お父さんも留学してたんだ？」

「ううん。お父さんは、大学の卒業旅行でフィンランドに遊びに来てたんだって。お母さんは勉強のためにデザイン博物館を見て回ってたんだけど、どこの展示室に移動してもついてくる男がいたんだって」

「それがお父さんだった？」

「ううん、違う。そいつはお母さんに当時ずっとつきまとってたアメリカから留学に来ていた同級生。授業で色鉛筆貸してあげて、お礼にコーヒーご馳走になったら、すっかり勘違いされちゃって、ストーカーになっちゃったらしいんだよね。あ、その頃はまだストーカーって言葉はなかったみたいだけど」

異国に勉強に来て、ホームシックもあったのだろう。どんよりと寒いヘルシンキの三月はまだ雪も残っていてさみしさも増したはずだ。そこに細やかな心遣いのできる日本女性に優しくされ、それにたぶん美雪の母親なら美人のはずだ。すっかり恋してしまったのだろう。

もちろんあなたとは付き合えませんということはちゃんと言ったのだが、そんなはずはない、君は僕といれば幸せになると言い張る勘違い野郎だった。

美雪の母礼子(れいこ)さんは、博物館の中だし、大きな声を立てるわけにもいかず、ひたすら無視していた。

ところが、拒絶されないということはオーケーだと彼は勝手に解釈した。どんどん距離を詰めてきた。話しかけてこないのがかえって不気味だったという。

礼子さんは怖くなり、かといって走れば余計に刺激しそうで、展示室から展示室へと歩き回った。寒い平日の午後で、お客の姿はほとんどなかったという。せっかくのアートも全く目に入ってこなかった。

ついにすべての展示室を通過した礼子さんは外に出ることに決めた。入場料がもったいないとは思ったが、仕方なかった。階段を使って階下へ降りようとした時だ。あたりには人影はなかった。踊り場でストーカーが追いついてきた。

「待ってくれ。君が好きだ。僕の家は金持ちなんだ。君を幸せにする。一緒にオクラホマへ行こう」

熱烈なラブコールだが、好きじゃない相手に言われても、恐怖しかなかった。

「ごめんなさい。悪いけど、私はあなたのことはなんとも思ってません」

そう言って背を向けた礼子さんの腕をストーカー男が引っ張り、揉み合いになった。

ちなみにここまでの会話はすべて英語だった。

「離して！」

思わず日本語で悲鳴が飛び出した。

「やめろよ！　嫌がってるだろ！」

突然日本語で割って入った男がいた。日本人の若い男だった。これが美雪の父春樹さんだ。わけのわからない言葉をしゃべる黒髪の男に乱入され、ストーカー男は逆上した。礼子さんをかばって立ちはだかった春樹さんにつかみかかり、その拍子に二人とも階段を転げ落ちた。

運悪く下になって落ちたのが春樹さんで、ストーカー男はセーターとコートを着込んでいた春樹さんをクッションにしたせいで、どこも打つことなく、間もなく立ち上がった。ところが、春樹さんは打ち所が悪かったようで、ぐったりと倒れたままだった。

これにはストーカー男も慌てた。「大丈夫ですか！」と駆け寄る礼子さんを尻目に逃げ出した。僕は悪くないって感じのことをまくし立てていたらしい。

春樹さんはすぐに病院に運ばれた。もちろん礼子さんが付き添ってのことだ。救急車の中で意識を取り戻した春樹さんは、自分はなんともないと言い張ったらしいが、フィンランド語はもとより英語もカタコトで通じない。心配した礼子さんに強引に病院まで送られ、検査を受けさせられた。

結果、あちこち打ち身はあったものの、軽い脳震盪と診断されて夜には帰された。もちろんその間ずっと礼子さんが付き添い、通訳を務めた。

「お父さんは恋人同士の揉め事だと思ったんだって。で、早く彼の方へ行ってあげてくださいってむしろストーカー男の心配しちゃって。あいつには迷惑してたんだっていくら言っても信じなかったんだって。そりゃそうだよね。アイラブユーって連呼しているとこに出くわしちゃったんだもの。それでうちのお母さん、どうしたと思う？」

そこで美雪はクスリと笑った。

「『私はあなたに一目惚れしました。これが証拠です』って、いきなりお父さんにキスしちゃったんだって。今だったらセクハラって騒がれちゃうよね。ハハ」

なんと大胆な。いや、突然恋人になってくれと言い出す娘はその血を受け継いでいるのか。

とにかくそれから二人は春樹さんの残りの旅行期間めいっぱい（といっても三日し

かなかったらしいが）一緒にあちこち見て回り、春樹さんが帰国する頃には結婚の約束をしていた。

　そこから一年間の超長距離恋愛があって、フィンランドに残って就職するつもりだった礼子さんは帰国して結婚した。帰国してすぐにテキスタイルの会社でデザイナーとして働き始めて、一年後に美雪が生まれた。

「お父さんとお母さんがヘルシンキで初めてデートした日、雪が降ってたんだって。エスプラナーディ公園っていつも人がいっぱいいるのに、その時はたまたま誰もいなくて、世界には二人きりみたいに感じて、この雪一生忘れないねって話したんだって」

　そして、生まれた赤ん坊は美雪と名付けられた。

　春樹さんが生きていたら、会ってみたかった。階段から落ちる時に自分が下になったのも、たぶん偶然ではないだろう。マッチョなタイプではなくても、勇気のある人だったに違いない。

　美雪が両親についてちゃんと話してくれたことで、ヘルシンキへの旅行というのが、ただの思いつきなんかじゃなく、きっとずっと夢見ていたことだったというのがわかった。

そして、美雪は俺が思ってたようなお嬢様ではないということもわかって、ちょっとホッとした。

そんな話をしているうちに、デザイン博物館に着いた。

「ここかァ」

美雪は建物を見上げた。赤レンガに黒い尖塔には風格が感じられた。中に入ると、モノトーンのタイルが敷きつめられ、大きくて赤い館内案内板に目を奪われる。確かにデザインと応用美術に関する博物館としては北欧諸国の中で一番歴史があるというのはわかる。

美雪の付き合いで来た俺だったが、美雪以上に夢中になった。ちょうどガラス工芸展が開催中だったのだ。繊細なグラスから大胆で大きなオブジェまでショーケースにも入れずに展示してある。俺は見入った。そんな俺を美雪は話しかけずに放っておいてくれた。

一階から上階へ、部屋から部屋へと歩き回り、春樹さんと礼子さんが出会った階段のところまで来た。美雪はあたりを見回し、ゆっくりと階段を降りていった。

お父さんとお母さんが出会った場所に今悠輔と一緒に来ていると思ったら、なんだか鼻の奥がツンとしてきて困った。

今から二十三年前、二人はここで出会ったのだ。

ちょうど特別展示がガラス工芸品だったのは本当にラッキーな偶然だった。悠輔は展示室に一歩入ると「おおっ」と小さく声を上げ、目をキラキラさせて見入っていた。

壁の巨大モニターには、フィンランドの有名なガラスメーカーイッタラの工場の様子が映し出されていた。樹下さんの工房の百倍くらいの規模の工場の中で職人たちがガラス工芸品をつくっている様子は迫力満点だ。

炉の中は赤々と輝き、ポンテの先にはガラスが生き物みたいにうごめいている。有名なメーカーも個人の工房もやることはあまり変わらないのだということに感動した。

映像を見つめる悠輔の顔は真剣だ。私はその横顔をそっと盗み見る。

悠輔にはガラス作家になるという夢があるんだ。私にはもう来年すらないかもしれないけど、彼は将来とか未来という言葉で夢を語れるんだ。そのとき悠輔の隣には誰がいるんだろう。私じゃない誰を選ぶんだろう。

そう思ったら、さっきとは違った涙があふれそうになって、私はひと足先に展示室を出た。

エントランスの近くのベンチで待っていたら、悠輔が「ごめん、待たせて」と急ぎ足で階段を降りてきた。

「もっとゆっくり見ててもよかったのに」

「いや、もう十分見たよ。すごくよかった。勉強になった」

そう言ってくれると私も嬉しい。私にとって特別な場所が、悠輔にとっても忘れがたい場所になってほしい。

それから私たちは予約してあるレストランに向かった。フィンランド料理では結構有名なところで、大聖堂近くの路地を一歩入ったところにあった。日本だったら「隠れ家」なんてグルメ雑誌に紹介されそうな店だった。

店は思い切り照明が落とされていて、足元すらよく見えない。その店の真ん中にはカウンターが置かれ、その上にしつらえられた囲炉裏(いろり)では豪快に火が燃え盛っていた。その周囲に置かれた鉄の囲いには巨大なサーモンが立てかけられ、あぶられている。香ばしい匂いがあたりに広がっていた。

「おいしそう。ここは、サーモンで有名なお店なの」

席に案内され、メニューを広げる。

「嫌いなものとかアレルギーある？」

「ないよ。チョイスは美雪に任せる」

私は小森さんからオススメと言われたコースを注文した。

悠輔は店の中を興味深そうに眺めている。

「ああいう囲炉裏、店にあったら楽しいよね。うちの店も何か目玉を考えないとな」

「VOICEは今のままでいいよ。どっちかって言えば、悠輔が作るみたいなグラスをデザート皿にすればもっと雰囲気出るんじゃない？」

「そうか。それもあるよな。俺のガラス細工、そんなに売れないからお客さんに出すことまでは考えてなかったよ」

「使ってみていいなと思えば、買っていく人もいるんじゃないかな」

「だったら今度岩永さんにも話してみるかな。問題は同じ形や色で何個もそろえなきゃいけないってことだけど」

「あー、うまそう」

「同じものがひとつもないところがいいんだよ」

「そっか。なるほど」

そんなことを話していたらワインが来た。グラスを合わせ乾杯する。お酒なんてふだんはほとんど飲まないけど、今日は特別だ。

出てくる料理はどれも本当においしかった。盛りつけはかなり雑だけど、サラダの野菜にはコクがあり甘みが感じられた。サーモンの香ばしさも日本の鮭とはやっぱり違う。

「んー。うまい」

「フィンランドでは、サーモンとトナカイ料理が有名なんだよ」

「トナカイ？　トナカイって食べていいの？」

「え、食べてるよ」

悠輔は驚いた顔で、今まさに自分が口に運ぼうとしていたステーキを見た。

「いや、トナカイって、あのサンタクロースのソリ引いてるやつでしょ？　食べたらかわいそうじゃない？」

かわいそうと言いながら、悠輔は食べるのを止められない。

「いや、おいしいんだけど。そうか、そうなんだ。こっちじゃビーフなんかと同じなのか」

　ブツブツ言いながらペロリと平らげるのがおかしくてたまらない。実際トナカイのステーキはクセもなくてやわらかくて本当においしかった。

「トナカイって野生じゃないのかな」

「ラップランドの道を車で走ってると、森の中にいるのがときどき見えるんだけど、実は野生のトナカイってほとんどいないんだって。みんなちゃんと持ち主がいるんだって」

「えー、飼われてるのに、そんなに自由なわけ？」

「そう。森の中でコケとかハーブを食べてるからお肉がこんなにクセがなくておいしいんだって」

「へえ」

「だからね、こっちではトナカイ何頭持ってますかって尋ねるのはマナー違反なんだよ」

「どうして？」

「それって、貯金はいくらありますかって聞いてるのと同じだから。トナカイの数で持ってる土地の広さとかもわかるからみたい」

悠輔は心底感心してくれた。

デザートが済む頃にはお腹はもうはち切れそうだった。

一緒にご飯を食べると、人はより相手を身近に感じられる。特においしいものを好きな人と食べるのは本当に幸せだ。あと何回悠輔と一緒に食事ができるのかわからないけど、一回一回を大切にしていこう。

外に出るとまだ昼間の明るさだった。

「あとどんなとこ行きたいの?」

「キアズマ現代美術館も行きたいし、あ、やっぱりテンペリアウキオ教会も行きたい」

「いや、そんなに回れないでしょ」

「大丈夫だって。私、結構スケジュール組むの得意だから」

「方向音痴なのに?」

「ひどい。それ、関係ないでしょ」

その時、後ろからクラクションが聞こえ、バイクが、すごいスピードで走ってきた。私は一瞬体がすくんでしまった。

悠輔が私の手をとり引き寄せた。バイクが通り過ぎても悠輔はそのまま手を離さなかった。

「恋人、なんでしょ」と、悠輔が言う。私は驚きが顔に出ないように必死だった。

ノートに書いた言葉が脳裏に浮かんだ。

――手をつないで、町を歩く
またひとつ叶ってしまった。胸の鼓動が手から伝わってしまうのではないかと心配だ。でも、すぐに私たちは手をつないで歩くことが自然になった。ずっと昔からそうしていたみたいに。

それからとりとめのないおしゃべりを交わしながら、私たちは長いこと歩いて、水辺にたどり着いていた。地図で見ると、エラインタルハ湾という内陸の海だった。

「あれ、なんだろ？」

二メートル弱の木製の台が斜めになっていて、短い滑り台のようだ。脇にハンドルが取り付けられている。

「あれ、カーペットを絞る機械だよ。昔お母さんのアルバムで見たことがある。こっちの人は夏になるとカーペットを自分で洗ってここで干すんだって」

「へえ。なんか楽しそうだな。うちは浩輔がよく食べ物こぼすから、丸洗いしたくなるんだ」

「え、そうなの？」

私たちは笑った。

それからなんとなく言葉が途切れた。でも、手はつないだままだ。対岸の建物に灯った明かりが海に映り込んで幻想的だった。

あたりはようやく薄い闇に包まれようとしている。なんと長い時間二人きりで過ごしているんだろう。

「疲れたんじゃない？　大丈夫？」

言葉少なな私を心配してくれた。正直に言えば、体は疲れ切っていた。でも、楽しくて疲れを疲れだと感じない。

「さっきから不思議なんだけど、まだ夕方、なわけないよな」

「もうすぐ十二時。真夜中だよ」

「エッ、ウソだろ。こんなに明るいのに」

「白夜だから」

「そうか。これが白夜……。夜遊びなのにそんな気がしないな。時間が止まってるのかと思ったよ」

時計を外してほしいと言ったのは、遅い時間になったら、ホテルに帰らなければいけないと思ってほしくなかったから。悠輔は律儀にも本当に時計を見ないでいてくれた。スマホもグーグルマップを使ってデザイン美術館とレストランを探した時だけしか出さなかった。

時が止まればいい。私は本気でそう思っていた。

時計もスマホも見なかったのは、私も同じで、部屋に戻った私はやっと母からのメッセージを開いた。さすがに長い時間返信しなかったから、着信が何度もあって、家にいないのがバレてしまった。

『今どこ？』

『友達と旅行中。帰ったら話す。体は大丈夫だから心配しないで』

ごめんね、お母さん。でも、私、この旅行だけは最後まで満喫したいんだ。

今日あったことをあれこれ思い返していたら、いつの間にか眠りに落ちていた。

一日があっという間だった。今までだって彼女がいたことはあるし、海外ではないが、旅行にだって行ったことはある。だが、こんなに一緒にいて違和感のない、自然な存在でいられる子は初めてだった。

時計を見ないでほしいと言った美雪の言葉は、実はそのまま俺の気持ちでもあったのかもしれない。

白夜か。夜にならない夜。夜の始まりを見たくて、ホテルに戻ってきてしばらく窓の外を見ていたが、いつしか眠ってしまった。

翌日も朝からよく晴れていた。ホテルで朝食は摂らずに港に出掛けるというのが美雪のプランだった。

海沿いにはたくさんのテントが張られ、果物や魚介類、それにみやげ物が所狭しと並べられている。

ブルーベリー、イチゴ、ラズベリーがこんなに山盛りになっているのを見るのは初めてだ。店の人は気軽につまんでみないかと声をかけてくれる。口にした果物は新鮮で深い甘みがあって最高にうまかった。

港の横にはオールドマーケットホールと呼ばれる古いレンガづくりの建物がある。重たい木製の扉を開けて中に入ると、磨き上げられた一面木の床が、なんとなく昔の学校を思わせる。高い天井の下は、いくつもの小ぶりの店舗に区切られ、サーモンを並べた店の隣が美雪がネットで見つけたというお目当てのパンケーキ屋だった。

窓辺の席に座ると、海がよく見えた。朝の陽差しを浴びてキラキラ輝いている。

「おいしい！　ねえ、こういうのＶＯＩＣＥでも出せばいいのに」

パンケーキをぱくつきながら美雪が言う。たしかにうまい。バターとハチミツが絶妙に合っている。もちろんとれたてのベリーも添えられている。

食事の後は、また港を散策した。港には海と接するようにつくられたプールがあった。子供たちが歓声を上げていた。

「ちょっと！　目がやらしいんですけど」

「なんだよ。別にビキニなんて見てないって」

「ほら～、やっぱり見てた」

ほっぺたを膨らませた美雪の顔がおかしくて俺はまた笑う。我ながらこの旅行に来てからずっと笑っている気がして照れくさいほどだ。

「じゃ、観覧車乗る？」

港には大きな観覧車があった。エアコン完備と書いてある。だが、美雪は「やだ」と首を振った。

「もしかして高所恐怖症？」

どうやら図星か。美雪は「いいから行こう！」と先に立って歩き出した。

それから足の向くままに街を歩いた。

フィンランドの人たちは短い夏を心ゆくまで楽しんでいる。

俺たちは公園の木陰でひと休みした。市場で買ったベリーをつまみながら木漏れ陽を見上げる。心地よい風が吹き抜けていく。

「うーん、気持ちいい」

美雪が軽く伸びをした。俺は黙って隣にいる。何も話をしなくても心も寄り添っている気がする。

そして、どちらからともなく立ち上がると、また歩き出す。もう手をつなぐことは当たり前になっていた。

ヘルシンキは公園の多い街だ。住宅地の中に小ぶりの野球場くらいの公園がたくさんある。

幼い子供たちが遊んでいる公園があった。保母らしき人が子供たちを追って駆け回っていた。

「あれ？　あの子、友達から離れて一人で。どうしたんだろ」

仲間と遊ばずに木の下で座り込んでいる女の子がいた。時折先生が目をやっているから、気づいてはいるのだろうが、声をかけたりはしていない。

「こっちの幼稚園とか保育園では、なんでも全員一緒ってしないんだって。お友達とケンカして、ちょっと一人になりたい時とかあるでしょ。そういう時も無理に聞き出したりしないで、ああやって放っておいてあげるんだって」

美雪は母が留学していた時の友人から聞いたという話をした。子供が幼稚園に入る時、親がケットをつくって持たせる。昼寝などの時に使うものだ。それはパッチワークでつくることになっているのだが、二コマだけは無地にしておいて、子供たちが自分で絵を描く。

「ひとつは自分の夢。もうひとつは友達でもおうちでもペットでも、自分がホッとできるところなんだって」

「じゃ、あの子はあの木の下がそうなのか」

そんなことを言いながら見ていたら、やがて女の子は迎えに来た男の子に手を引かれ立ち上がると、ニッコリ笑って駆け出していった。

「悠輔だったら、二つのコマに何を描く？」

そう聞かれて、俺は少し考えて答えた。

「夢はガラス作家になることだろ。ホッとするところは、まあ家かな。もっともウチの場合、うるさすぎてむしろイラッとするけどな」

美雪だったら何を描く？　と聞かれた。ま、そうだよね。この流れだったらきっと聞きたくなる。でも、私は答えなかった。

夢が恋をすることで、ホッとする場所は好きな人といるところならどこでも、なんて言えるわけない。間違いなく引かれる。それに二つとも、今この瞬間叶ってるんだから。

その後はもっと開けたところで海が見たいねという話になり、カイヴォプイスト公園を抜けて桟橋まで行った。海沿いの散歩道は犬を散歩させている人がいたり、カフェでお年寄りが楽しそうにコーヒーを飲んでいたりする。本当に静かな時間が流れていた。

手をつないでぶらぶら歩く。それだけで心が浮き立つ。

私の免疫力、きっと今最強になってるよ。若村先生に心の中で報告した。

自分だけ夢を語らせられた悠輔は、しつこく私の夢を聞きたがった。

「つかまえたら教えてあげる」

桟橋を駆けていく。タカタカと木の床が鳴る。

桟橋の突端まで勢いつけて走ってきたら、落ちそうになった。悠輔が私を抱き留めた。

「危ねえ。焦った。ホント落ちるかと思った、今」

本気で焦っている顔がかわいい。

そのとき、胸に痛みが走った。動悸が激しくなる。調子に乗って走ったりしたから。

お願い。今は倒れたりしたくない。

神様。お願いだから、まだ私の楽しい時間を奪わないでください。

「どうしたの？」

ひと息ついてからなんとか笑顔をつくる。

「ううん。なんでもない。ね、あそこのカフェでお茶しよ」

苦しい顔を見せたくなくて、私は先に歩き出す。悠輔が抱き留めてくれた温もりを感じる余裕もなかった。


栈橋で美雪を抱き留めた時、その体があまりにも細くて軽くて驚いた。

走った後、少し苦しそうにしていたのは気のせいか。その後の笑顔はいつもと変わらなかったし、少し休憩したらもとに戻ったので安心した。でも、なんとなくなにかがひっかかった。

それから、またトラムで街中に戻った。古い書店を覗く。俺はガラスの本、美雪は旅行関係の本とそれぞれの興味の本を見せ合った。

「次はどこ？」と尋ねると、時計を見るなと言ったくせに、美雪は自分の時計を確かめた。

「うん。ちょうどいい。行けばわかるよ」

一時間近くトラムに乗って着いた先は、郊外のガラス工房だった。美雪は旅行会社の人に聞いたというが、わざわざ実際に体験できる工房を予約しておいてくれたのだった。

フィンランド人の経営するガラス工房は、樹下さんのところよりいくらか広く、だが置いてあるものはほとんど同じで、言葉が通じなくてもお互いに言いたいことが伝わった。出来上がった作品もたくさん置いてあって、独得のセンスがある。つくりたいと思う気持ちがむくむくと湧いてくる。

「これがるつぼでしょ、これは棹、ポンテっていうんだよね。こっちは焼き戻しをするだるまっていう窯。一一〇〇度あるんだよね」

美雪は楽しげに樹下さんに教わったという知識を披露して見せた。そんなふうに俺のやることに興味を持ってくれていたのか。

フィンランドに来て感じたままのデザインでグラスをつくることにした。モチーフはフィンランドの国旗だ。白地にスカンディナビア十字。白いところは雪、ブルーの部分は、国内に数千もあるという湖と空と海の色を表しているのだという。

悠輔がガラスをつくっているところを見るのが好きだ。デザインを決める時の真面目な顔、慎重な手つき、真剣なまなざし。どの瞬間も目に焼きつけておきたかった。

勝手にガラス工房を予約したのは、私のフライングだったかもしれないけど、悠輔は喜んでくれた、と思う。静かな時間が流れていく。ずっとずっと見ていたい時間だった。


工房の中で作業をして俺はすっかり汗ばんでいた。だが、一歩外に出れば、風は涼やかだ。

外に出て自然と手をつないだ。美雪と一緒にいる時間が長くなるにつれ、俺の中でその存在がどんどん大きくなっていくのに、手をつないでいなければ消えてしまいそうな気がしてならなかった。

「ありがとな。わざわざ予約してくれて。勉強になったよ」

「ホント？　ならよかった。あのグラス、届くの楽しみだね」

グラスは冷却が終わったら、日本まで送ってくれることになっていた。届いたらプレゼントするつもりだと言おうとしたとき、美雪が前方を指さした。

「素敵な教会。ちょっと入ってみない？」

「勝手に入ってもいいのか」

「教会だもの。信者じゃなくたって、怒られないよ」

飴色の大きなドアを開くと、まっさきに目に飛び込んできたのは、正面のステンドグラスだった。外からの陽光を背景に鮮やかに、そして厳かに浮かび上がっていた。

もっと近くで見たくて俺はステンドグラスに近寄った。どのくらい古いものなのか。意匠はキリスト像をかたどったシンプルなものなのに、荘厳で優しい風合いが教会にふさわしい。この場所にいるだけで、自然と神聖な気持ちになる。あの色はいったいどうやったら出せるのだろう。そんなことを考えていたら、いくら見ていても飽きることはなかった。

ふと気づくと、美雪は祭壇に向かって手を組み頭(こうべ)を垂れていた。ただ教会に来たから、敬意を表しているというふうではなかった。真剣に祈りを捧げていた。

美雪の祈りは長かった。声をかけてはいけない、そう思った。

何を祈っているのだろう。

突然、教会の鐘が鳴り始めた。

ようやく美雪が顔を上げた。その目に涙が光っているように見えたのは、光の加減だろうか。

美雪が微笑んだ。ステンドグラスでやわらげられた陽光は薄いオレンジ色のベールとなって、白い頬に降り注いでいる。

綺麗だ。素直にそう思った。そう思った自分に照れて、俺は視線をそらした。

悠輔が一心にステンドグラスを見上げている。なんて楽しそうなんだろう。夢を持っている人は気持ちがいいくらい一途だ。

私は祭壇の前に立った。洗礼を受けた信者でもなんでもない私が祈るのは失礼なのかもしれない。それでも、私は祈らずにはいられなかった。なにか大きな存在に対して、こうして恋していること、好きになった人と大好きなフィンランドに来ることができたことに感謝したかった。

そして、お別れの瞬間まで悠輔と幸せな時が過ごせますように。

顔を上げると、悠輔が私を見ていた。涙を見られてしまっただろうか。微笑もうとしたのに、おかしな具合に口元がゆがんでしまった。

悠輔が視線をそらした。こいつ、なんでこんな顔してるんだ、何を考えているんだときっと思ってる。

それでも、悠輔は手を差し伸べてくれた。私はその手をそっと取る。悠輔がギュッと私の手を握る。それだけで体がフッと温かくなる。

「教会っていえば、ほら、まだあそこ行ってなかったよな。テ、テテ……」

「テンペリアウキオ教会、でしょ」

「それそれ」

私たちは笑顔を見交わす。見たいと言った場所はちゃんと覚えていてくれたことが嬉しい。

岩をくり抜いた荘厳な教会は私たちを圧倒した。パイプオルガンが岩にはめ込まれている。

「人間ってすごいよな、こんなのつくっちゃうんだから」

つぶやく悠輔の言葉にうなずく。

気が遠くなるほどの手間と時間がかかった空間にいると、私たちの生きてきた時間なんて歴史の中ではほんの一瞬の点のようなものだと感じる。

それから、ウィンドーショッピングをして、偶然見掛けたこぢんまりとしたフィンランド料理の店で夕食を済ませ、ホテルに戻ってきた。ずっと手はつないだままだ。気持ちはどんどん大きくなっていく。そして、私たちは最初の頃ほどしゃべらなくなっていた。話をしなくても、同じ空間にいて、同じものを見ていればよかった。きっとつないだ手からどんどん悠輔を好きになる気持ちまでもが伝わっていると思う。彼の心はわからないけれど。

部屋の前まで来て、手を離した。

「じゃあ、おやすみなさい」

少し間をおいて、悠輔も「おやすみ」と言った。

私たちは互いの部屋に入った。背後で悠輔の部屋のドアが閉まる音がした。お互いに言いたいことがあるのに、言い出せない、そんな感覚だった。

私はベッドに横になった。体が重い。悠輔と一緒にいる時にはいつも楽しくて嬉しくて、疲れなんてみじんも感じないのに。

さっきまでつないでいた手から悠輔の温もりが消えていく。

あと一日。明日が終われば、あとは帰国するだけ。そしたら、もう会わない。

　一緒にいる時間が幸せな分だけ、その後に私を待っている時間を初めて怖いと思った。

　美雪のことが気になって仕方がない。ドアの向こう、向かい側の部屋に彼女はいる。東京を出た時から、隣に美雪がいることがあまりにも自然になっていた。もっと彼女の声を聞きたい。一晩じゅうでも話をしていたかった。それだけじゃない。この腕に抱き締めたい……。

　俺は部屋を出て、彼女の部屋のドアの前に立った。

　美雪はなにか秘密を抱えている。それはタイムリミットのあるなにかだと思う。美雪、君の気持ちがわからない。

　結局、俺は声ひとつ立てることができないまま、戻った。

　勇気がなかったのか。拒絶されるのが怖かったのか。ただ俺は美雪を困らせたくなかった。

　最後の一日もよく晴れた。

「ねえ、お天気には恵まれたよねー。私の日頃の行いってやつだと思わない？」

「それ、言うなら俺だろ。勤労青年を神様が認めてくれたってことで」

「なに、それ」

私は笑う。一緒にいられる時間の残りを暗い顔をして過ごすのだけは絶対に嫌だった。

港からスオメンリンナ島行きのフェリーに乗った。

「気持ちいいねえ」

「意外と速く進むんだな。おー、見ろよ、美雪の嫌いな観覧車が遠くなっていく」

「別に嫌いだなんて言ってないじゃない。高いところが苦手なだけ」

「はいはい」

船尾のデッキには北欧の夏の陽差しが照りつけ、手が届きそうなところをカモメが舞っている。風が心地よい。

港の街並みを従えてそびえたつヘルシンキ大聖堂がどんどん小さくなっていく。

小さな島がいくつも近づいては遠ざかり、スウェーデンに向かう大きな客船がゆっくりと桟橋を離れていくのが見えた。

雲が出てきた。雲の合間から太陽光線が斜めに降り注いでいる。

船首の方のデッキに移動した。風を切って進んでいく先にこれから上陸する島が見えてきた。

船首のデッキで、中国人らしい女の子が両手を広げ、背の高い男の子が彼女を背後から支えているのが見えた。映画「タイタニック」の真似らしい。

「あれ、やりたい？」

悠輔がニヤリと笑う。私をまたからかっているのだ。

「やるわけないでしょ！」

本当はあんなふうに悠輔に触れてもらいたい。でも、これ以上未練が増すようなことは望んではいけない。

スオメンリンナ島に到着した。観光の島かと思ったら、普通の民家もある。かと思えば、博物館や古い工場、大昔に使われていた大砲が点在している。歴史の重みがそこここにあった。

お土産屋さんやカフェがぽつんぽつんと点在していた。レンガづくりの建物の窓は縦に長くて、窓辺にはカエルやキリンの木製のおもちゃが並べられていて、見ているだけで楽しい。あんな家に住んでいるのはどんな気分なのだろう。

小さな島だから一周するのにさほど時間はかからない。島の突端まで行くと、どこまでも広がる海が見えた。同じ船に乗ってきた人たちはどこへ散ったのか、歩いていると見渡す範囲に誰も見えない。

「あ、来るな。急ごう」

悠輔が空を見上げた。低くたれこめていた雲り空が暗さを増していた。悠輔は私の手をとって、急ぎ足で港の方へ戻ろうとした。

だが、雨雲の方が早かった。ポツポツと雨が降り始めた。

「どうしよう。傘持ってきてない」

「地図あったよな、トラムの路線図。あれ、出して」

地図はしっかりした紙で、そして大きい。悠輔は頭上に地図を広げた。そして、私の肩を抱くと「あそこまで行こう」と言うや否や走り出した。百メートルほど先に古いレンガづくりの倉庫が見えた。濡れた草に足を取られる。足元がふらつくたびに悠輔は私を支えてくれた。

やっと古い倉庫にたどり着く。少し胸が苦しい。

「大丈夫？」悠輔が心配そうに私の顔を覗き込んだ。

「全然平気。早くやむといいね」

言葉と裏腹に、必死に息を整えながら、つないだ手の温かみにすがり、私は雨がずっと降り続けばいいと思っていた。

サーッと雨の音だけが聞こえる。静かな時間が流れていく。

私の願いも虚しく、雨は間もなくやんだ。

「あーッ！」私たちは同時に空を指さし、叫んでいた。海に大きな虹がかかっていた。

いくつもの色を成す光の層が重なって、半円形のアーチをつくっている。

なんて綺麗なんだろう。世界にはこんなにも美しいものがあるんだね。オーロラを見られなかった私に神様がご褒美をくれたのだろうか。

いつの間にか涙がこぼれていた。

悠輔がぎゅっと手を握った。二人とも言葉もなかった。

好きだよ、悠輔。心の中で何度も言う。

ああ、幸せだ。

もう死んでもいいと思うくらい、私は幸せだった。

美雪の涙の訳を俺は聞けなかった。虹の美しさに感動しただけとは思えなかったのに、顔を上げた彼女があまりにも幸せそうに微笑んでいたから。

それから、俺たちは再びフェリーでヘルシンキに戻った。美雪は疲れたのか、俺の肩にもたれて眠っていた。寝顔はあどけない。

この旅では、彼女の寝顔を見るのは二度目か。旅をしているうち、美雪はこの寝顔を他の男に見せたことはないんじゃないかと思うようになっていた。もちろんあの年上の男にもだ。そんな気がしてならない。

「眠っちゃった。もったいない」

美雪が目をさまし、再び近づいてきたヘルシンキ大聖堂を見るために立ち上がった。

その後の時間、俺たちはもうガイドブックも地図も広げなかった。観光スポットではなく、足の向くままに歩いた。食事もお客がおいしそうに食べている店を選んでフラリと入った。

美雪と歩きながら、俺は決めていた。恋人契約のことだ。俺はもっと彼女と一緒にいたい。契約なんかじゃなく、ちゃんと恋人になりたいと心底思っていた。そのことを美雪に言うつもりだった。

俺たちはテレバサーリという桟橋でつながれた小さな島を歩いていた。静かだった。時折犬を連れた人とすれ違い、ハーイと笑顔で挨拶を交わす。俺たちもこの街に住んでいるような錯覚を起こしそうになる。

「あ、見て。サジーの実だ」

赤くて小さな実をつけた腰くらいの高さの植物が群生していた。美雪は赤い実をつまむと俺の口に入れた。

「すっぱい！　なに、これ、食べていいもの？」

「サジーだよ。ビタミン豊富だよ。そっかあ、ここに咲いてたんだ」

美雪は両親がデートした時に、やはりこの実を礼子さんが春樹さんに食べさせて、あまりのすっぱさにケンカになったという話をした。すっぱさに顔をしかめている俺を見て、美雪はまた大笑いした。

そうやってずっと笑っていてほしい。

木陰に腰を下ろすと、あたりは暮れなずみ青く染まり始めていた。対岸の建物の灯が海に映って揺らめいている。

「海にかかる虹って初めて見たよ」

「私も。冬はね、オーロラが見られるんだ。知ってる?」

「うん。本読んだ」

オーロラというのは、太陽から来る電気を帯びた粒子、つまりプラズマが高速で地球の磁気の勢力圏に入って極地の大気とぶつかった時にできるエネルギーが光になったものだ。どんなプラズマがどんな大気と衝突するかによって色が決まる。

「形もひとつじゃないんだろ。カーテンみたいなのもあれば、コロナ型オーロラっていう、光が降ってくるようなのもあるんだろ」

フィンランドに行くと美雪が宣言した夜渡されたガイドブックは、あちこち線が引いてあったり、書き込みや折り目がついていて、ずいぶん読み込んであった。特にラップランドとオーロラのページには二重丸がしてあった。

「でも、私もまだ見れてないんだけどね」

「そうなんだ」

「前に来た時は、天気が悪くて見られなかったの。でも、一番素敵なのは赤。赤いオーロラ。珍しくてなかなか見られないの。だから、もし見られたら、幸運が訪れるんだ」

「俺も見てみたいな」

「ホントに？」

「幸運が訪れるんでしょ。それ見てみたいよ、赤いオーロラ」

美雪は見えるはずのないオーロラを探すように空を見上げた。そして、目を伏せた。

「……明日、もう帰るんだね」

「……うん」

「契約終了だね。ご苦労さまでした」

おどけて頭を下げた。本当なのか。本当に終わらせるつもりなのか。

「こんなんでよかったの？」

「うん。すっごく楽しかった。ありがとう。これで思い残すことはない……とか」

なぜかその言い方があまりにも本気に聞こえて俺は言葉が出なかった。思い残すことなくなんなんだ？　別の男のところへでも行くっていうのか。

「私、悠輔のガラス好き。続けてね、絶対」

言葉に本気がこもっているのがわかった。

「うん。なんかここに来て、いろんなもの見て、すごくつくりたくなった。新しいものができそうな気がする」

「本当に？　嬉しい」

美雪。君がいたからだ。でも、俺が夢を追う時には、いつもそばにいてほしい。

「あぁ、楽しかった。悠輔の恋人」

俺は、美雪にキスした。ずっとそうしたかった。

美雪は驚いたように身動きひとつしない。

美雪、君が好きだ。でも、その言葉を言うことはできなかった。

「こういう場所だと、恋人ならするでしょ」

好きだという言葉のかわりにそんなことを言ってしまったのは、完全に照れだった。

「契約のことなんだけど……もう少し俺と一緒に――」

いてほしいと美雪は最後まで言わせてくれなかった。

「今までありがとう――この旅行で終わりにするって決めたの」

有無を言わさぬ強さがあった。

「……都合ってやつ？」

美雪は答えない。美雪にとって、この旅は、いや、俺はなんだったんだ。

突然のキスだった。初めての恋、初めてのキス。

夢のようだった。あのままいたら、悠輔から離れられなくなると思った。

悠輔は完璧な恋人だった。

なんと幸せな時間だったことだろう。誰かと寄り添いながら、憧れだった場所を旅する。こんなに楽しいことが世の中にはあったんだ。

ノートに書いた夢のリストはたくさん実現できた。

だから、これで終わりにする。

来年の今頃、たぶん私はもうこの世にいない。でも、死ぬことは簡単でも楽でもないのも知ってる。これから私を待っている治療を受ければ、私はもう今のままの私ではいられなくなる。副作用で吐き気が止まらなくなったり、トイレから出られなくなったり、髪だって抜けるかもしれない、ムーンフェイスと呼ばれるむくんだ顔になるかもしれない。自分の足で歩けなくなる日だってそう遠くはないはずだ。そんな私を見せたくない。

私がそうなったら、悠輔ならきっと見捨てたりはしないだろう。たとえ私を好きじゃなくても、優しい人だから。でも、そんなことに付き合わせたくない。

だから、何十年かたった時、例えばフィンランドのニュースを見た時に、恋人契約した女の子と行ったことあったっけなと、チラリと思い出してくれたら、それで十分。

「買い物あるから、先行くね」

これ以上一緒にいたら、私の決心はぐらついてしまう。

私は立ち上がり、悠輔に背を向けた。

涙があとからあとからこぼれて止まらなかった。でも、私は一度も振り返らなかった。


美雪は一度も振り返らなかった。美雪の言葉は絶対で、契約の恋人はこれで完全に終わったのだとわかった。

この三日間の心が浮き立つような思いも、二人の間に流れていた温かい空気も全部ウソだったというのか。美雪にとってそんな程度の軽いものだったのか。

俺は美雪を追いかけることができなかった。彼女が決めたことなら、覆すことなどできないだろう。

その夜は眠れなかった。向かい側の部屋にいるはずの美雪からはメールすら来なかった。

翌朝、フロントに降りていくと、美雪はすでにチェックアウトしていた。たった一言「先に空港に行きます」という伝言メモが一枚残されていただけだった。

飛行機に乗り込むと、隣だったはずの美雪の席はずっと離れたところになっていて、彼女はすでに座って静かに本を読んでいた。顔を上げようともしない。

俺はもう用済みで、顔を見る気もないってわけか。

結局、飛行機がフィンランドを離れ、成田空港に到着するまで、俺たちは口をきくこともなかった。

成田空港で、最後に交わした言葉は「ありがとう。元気で」だった。

それきり俺たちは別れた。

私はスーツケースを引いて家への道を歩いた。行きはあんなに心も体も軽かったのに、今はどんよりと重たい。

悠輔は廊下を隔てた部屋にいた。顔を見たらすがってしまいそうで、ほとんど一睡もしないでホテルをチェックアウトした。買い物をするなんてウソだった。華やかなショーウィンドーを見ても心は虚ろで、つらいだけだった。

楽しいことばかりだったヘルシンキに一人でいるのは耐えられなくて、飛行機が出る何時間も前に空港に行った。ただボーッと通りすぎていく人たちを見ていた。抱き合ったり、キスしたり、みんななんて楽しそうなんだろう。

キスか……。私の人生で最初で最後のキス。クライマックスとしてはできすぎだよね。

飛行機の中で悠輔の隣にいるのはつらすぎるから、席を替えてもらった。目を合わせることもせず、なんて感じの悪いヤツだと思われただろう。

なんとか部屋の前までたどり着いたところで、体よりも心が限界だった。ドアを開ける気力すらなく、私はしゃがみ込んでしまった。

「美雪!?」

母の声がした。

「お母さん……」

「美雪。なにやってるの、あなたは。若村先生から聞いた。どうして私に隠すの？どういうことなの？」

母は連絡のとれなくなった私を心配して京都から飛んで帰り、若村先生にすべてを聞いたのだった。

もうダメだった。涙が止まらない。

「今日は怒らないで……お願い。頑張ったんだよ、私……一生分頑張った」

母の前で私は小さな女の子に戻っていた。母はなにも言わず、私を受け止めてくれた。

私は母の腕の中で涙が枯れるまで泣いた。

翌日はベッドから起き上がれなかった。

疲れと悲しみと、そして旅の間じっと我慢していた病気がここぞとばかりに体の中で暴れ回ったみたいだった。

なにより悠輔にひどいことをしてしまったという思いが日に日に募っていた。利用されたと思っているだろう。ひどく傷つけてしまった。あんなに優しくしてくれたのに。

こんな私は一日でも早く死んでしまった方がいいのではないかという思いが消えない。

結局、それから夏じゅう入院することになった。

病室は三階で、私のベッドは窓際にあった。真っ青な空に飛行機雲が長い尾を引いていくのが見えた。

「暑くないの？　カーテン閉めようか？」

見舞いにやってきた母はすでに汗だくだ。

「いい。外見ていたいから」

「具合どう？」

「……大分いい」

私の顔を見れば、違うと母にはすぐにわかってしまうのに、私はウソをつく。

「ね、プリン買ってきたの。美雪の好きなパステルのなめらかイチゴプリンよ」

「わ、嬉しい。ありがとう」

食欲などなかった。なにを食べても、もうおいしいとも楽しいとも思えない。ただ母を悲しませたくなくて、私はおいしいとまたウソをつく。

「今日は花火大会よ。夜になったら、屋上に上がらせてもらおうか」

「……私はいい。少し疲れた」

母に背を向けた。母が声にならないため息をもらすのがわかった。

フィンランドから帰ってきた日、泣きながら母にすべてを打ち明けた。

お金を払って恋人契約したことも、悠輔とフィンランドに旅行に行ったことも全部。

私の無茶な行動の一部始終を母は黙って聞いてくれた。

なんてバカなことをしたのだと怒らなかったということは、それだけ私の残り時間の短さを思ってのことだったのだと思う。

病室での私は、フィンランドで悠輔と行った場所、一緒に見たもの、彼が言った言葉、つないだ手の感触、そして、キス……そんな記憶を反芻（はんすう）しているばかりだった。

「ねえ、美雪。悠輔君にもう一度会ってみたらどうかな」

私は答えない。若村先生と母は、悠輔がお見舞いに来れば、私が少しは元気になると思っている。

「言ったでしょ。悠輔とはもう会わないし、連絡もとらない。やりとりしてたアカウント全部削除しちゃったから、彼からだってもうなにも言ってこないよ」

ダメだ。また涙が出そうだ。

まるで駄々っ子のように母に当たって、そのまま寝入ってしまった。ドーンドーンという花火を打ち上げる音で目覚めた時、母はまだ私の枕元にいた。メガネをかけ、パソコンに向かっている。仕事をしているのだ。子供の頃から母は美しい人だと思っていた。でも、今その目尻にしわが刻まれているのに気づいた。

私のせいだね。ごめんね、お母さん。京都で仕事をしながら、週末は必ず東京に戻ってくるようになった。すごくきついと思う。今だって休みをとって私に付き添ってくれている。

「ね、行ってみない？」

母が天井の方を指さす。私はうなずいた。

病院の屋上には、入院患者とその家族や友人で、いつになく人であふれていた。ずっと寝てばかりいた体はすっかり弱くなっていて、私はゆっくりと手すりを使って表に出た。

次の瞬間、空に花が咲いた。皆がワッと声を上げる。火花が滝のように空から流れ落ち、消えた。そしてまた次の花火が上がる。

春の桜、初夏の木々の緑、海にかかる虹、空から降る花火、この一年意識してたくさんの美しいものを見た。だからこそ、見られなかったものも思い出してしまう。

「オーロラ、見たかったなあ」

思わずつぶやいた一言は周囲の人たちの拍手と歓声を縫って母の耳に届いていた。

「見に行けばいいじゃない。オーロラは逃げないわよ」

「お母さん、私、もうすぐ死ぬんだよ」

母の顔が一瞬歪んだ。

「人は誰だっていつか死ぬのよ。もうすぐ死ぬなんて決めつけて、いつまで悲劇のヒロインぶってるつもり？」

母にそんな言い方をされたのは初めてだった。

「なにそれ。ひどい」

「だってそうでしょ。検査の結果のこと、お母さんに内緒にして。勝手に恋人契約なんかして、勝手にフィンランド行って。挙句の果てに失恋してこんなボロボロになって。お母さんがどんなに心配したと思ってんの」

母は泣いていた。赤や黄色やオレンジにブルー、金に銀……数え切れないほどの光が空を彩り、そして涙で濡れた母の頬を照らしていた。

胸がぎゅっと締めつけられた。私は自分のことばかり考えていた。父が亡くなり、もうすぐ私までいなくなって母一人になってしまう。その気持ちを全然わかってなかった。

「ごめん。お母さん。たしかに私がわがままだったね」

母はもうなにも言わなかった。ただ、私に背を向け、花火を見上げている振りをして、涙をぬぐっていた。

次の日から、私は若村先生から驚かれるほど真面目な患者になった。もう泣かない。少しでも元気で少しでも長く生きると決めた。母のために。

「美雪ちゃん、明日退院できるよ」

半月後、若村先生に母と呼ばれた時には、退院の知らせはイコールもう打つ手がないということかと一瞬目の前が真っ暗になった。

「誤解しないで。数値が大分安定してきたから、自宅療養でいいってことだよ。そのかわり無理はしないこと」

「やった！」

私は母と抱き合って喜んだ。死刑宣告を受けたものの、執行猶予になった、そんな気分。たとえがあまり適切じゃないけど。

「お兄ちゃん、またボーッとして。焦げてるって！」

もう任せていられないと初美が俺からフライパンを取り上げた。

「あのね。いくら振られたからって、もうちょっとしっかりしてくれないと困るんだけど！　だいたいさ、あんなに頼んだムーミングッズを忘れるなんて、一体美雪さんになにしたのよ！　私、あの人ならお姉さんになってもいいって思ってたのに」

初美の叱責と愚痴は止まらない。俺は悪いとごめんを繰り返し、食事の支度を続けた。

まったく情けない話だ。最初からわかっていた契約が終了しただけだ。それなのに、俺は美雪と最後に話した公園から、どうやってホテルに戻ったのかも、今となっては記憶が曖昧という有様だ。

最初の頃こそ気を使って腫れ物に触るように俺に接していた妹と弟も、さすがに半月近くなってくると対応が冷たい。当たり前か。

岩永さんは、軽く伝えたにもかかわらず、絶句して泣かれた。一カ月以上たった今でも、俺の顔を見るたびせつなそうな表情を浮かべる。

ガラス工房の樹下さんの反応が一番意外だった。

「なるほどな。それでおまえはなにを感じた？　彼女からおまえは宝物をもらったはずだぞ。それを無駄にするな」

ポンと肩をたたかれ言われた言葉がずっとひっかかっていた。こんな気持ちで一体どんな作品をつくれるというのか。そもそも美雪が俺にくれた宝物って、なんのことなんだ。

それでも俺は気づくとスケッチブックにデザイン画を描いていた。美雪と歩いた古い街並み、一緒に見た海、公園、大聖堂、デザイン美術館、そして海にかかる虹……。記憶は時を追うごとに鮮やかな一面を浮かび上がらせ、思い出すたび突き刺すような痛みを残す。

だが、なにをつくっても気に入らなかった。つくっては壊し、壊してはつくり、俺は大量のガラス破片の山を築くだけだった。

携帯が鳴っていた。

「今どこ？　今日シフト入るって言ってたよね。お客がいっぱいで困ってんだよ」

泣きそうな岩永さんの声が飛び込んできた。俺は慌ててアパートを飛び出した。バイトのシフトを組むのは俺の仕事だ。しかも、今日は花火大会で客が押し寄せる日だというのに、フロアの担当がいない。今日は休日返上してシフトに入ると約束したのに、このザマだ。

バーンバーンと花火が打ち上がる音が聞こえ始めた。俺は足を早め、近道を通ることにした。美雪とデートの待ち合わせをした場所に出る。最近は遠回りをしてでも近づかないようにしていた道だ。

空に花が咲いた。美しいと思う。この花火、美雪もどこかで見ているのだろうか。もしかしてあの男と？

我ながらあまりのめめしさに情けなくなり、俺は花火に背を向けて走り出した。

夏の間はひたすら仕事をした。ワッフルもパスタも練習して、岩永さんと遜色ないくらいになった。休みの日には工房に入り浸った。

フィンランドの工房でつくったグラスは、帰国して一カ月後、小包みで届くには届いたが、箱から取り出す時に誤って落として、真っ二つに割れてしまった。まるで俺と美雪のようだと思った。

今年の夏は暑かった。もう泣くことはなかった。いや、泣かないようにした。

母は心配して涼しいところに旅行に行こうとしきりに誘ってくれた。でも、私は断わり続けた。バカみたいな話だけど、ここにいればひょっとしてバッタリ悠輔に会うこともあるかもしれない。そう思うと東京を離れられなかった。あまりに自分勝手すぎる考え方なのはわかっている。

薬はまた増えた。私は悠輔にもらったペーパーウェイトを見ながら、勇気をもらうように、ひとつひとつ飲み下すのが習慣になっていた。

季節はゆっくりと夏から秋、秋から冬へと移り変わろうとしていた。母が仕事に出ている間、私は少しずつ身の回りのものを整理していった。古い服を捨て、本をまとめ、アルバムを整理し、昔の友達、中学時代の恩師、図書館の元同僚に会いに行った。

ある秋の夕暮れ、早々に冬支度をした私は、毛糸のマフラーに顔を埋め、舞い散る落ち葉を追いかけるようにあてもなく散歩をしていた。気づくと、いつの間にかVOICEの前まで来ていた。お店は以前と変わらずそこにあった。悠輔はきっとここにいる。でも、もちろんあのドアを押して入っていくつもりはなかった。

カランとドアベルの音がして誰かが出てきた。私は慌てて物陰に隠れた。それは前に見掛けたことのあるカップルのお客さんだった。二人は店から出てくると、抱き合い、そしてキスを交わした。驚いてつい目が釘付けになってしまった。彼の首に回した彼女の左手の薬指にはダイヤが光っていた。やがて二人は楽しげに肩を寄せ合い、私に気づくこともなく帰っていった。

そうか、あの二人、結婚するんだ。おめでとう。幸せにね。心の中でそうつぶやいた。

ダメだな、私は。未練がましくて。もう一度だけ店を振り返り、私は歩き出した。もう二度とここへ来ることはないだろう。


カップル客はいつもの奥の目立たない席にいた。他の客がすべて帰り、店には俺と彼らだけになった。彼氏の方に目配せされ、俺はいつもより特に念入りにつくったミックスベリーワッフルを運んだ。ホイップクリームの中には婚約指輪が仕込んである。指輪がベタベタになってもいいのかと尋ねたのだが、かまわないというのだから仕方がない。しばらくして彼女の泣き声が聞こえ、俺はプロポーズ大作戦が成功したことを知った。二人は肩を寄せ合って出ていった。

俺は看板を取り込むため外に出た。枯れ葉が北風に乗って飛んでいく。ふとこの場に美雪がいたような錯覚にとらわれた。どうかしてる。きっと恋人たちの幸せな姿を見せつけられたせいで、ここで美雪に恋人契約の話をされた時の記憶がよみがえったせいだろう。

恋人になってと言われた時のことを思い出した。なんてめちゃくちゃなことを言う女だと俺も結構ひどいことを言ってしまった。

美雪は今頃幸せだろうか。秘密はなんだったのだろう。それとも秘密があると思ったのは、俺の錯覚だったのだろうか。樹下さんが言う、美雪にもらった宝物とは、思い出であることは間違いない。そしてもう一つ、この苦しい気持ちだろう。この苦さが甘さに変わる日など来るのだろうか。

北風がひときわ強く吹きつけてきて、看板を揺らした。

そして、十二月になった。街はすっかりクリスマスムード一色だ。

俺はバイトたちが休めるように、クリスマス期間中はすべて店に出ることにして、そのかわりに少し早めにもらった休日を樹下ガラス工房で過ごしていた。

外はもうダウンコートが必要なくらいに肌寒くなっていたが、工房の中は汗ばむほどに暑かった。朝から珍しく静かだった。

ゴロ台の前に腰掛け、長い棹の先につけたやわらかなガラスの塊をグラスの形に整えるためにゆっくりと回していく。余計なことを考えるな。自分に言い聞かせる。フッと気が抜けた瞬間があった。途端にグラスの形になりつつあったガラスが棹の先から落ちた。ガシャッという音に少し遅れて携帯電話が鳴り始めた。

初美からだった。

「どうした?」

久し振りに会心の作ができそうだと思った矢先の失敗に、つい声が尖る。

「お兄ちゃん!　大変なの。浩輔がケガした。すぐに来て」

いつもはクールを気取っている妹の声がうわずっていた。

カウンセリングルームにはガラスのケースに入れた赤いバラのプリザーブドフラワーが飾ってあった。本物なのに永遠に枯れることはないこの花が私はちょっと苦手だった。この部屋で告げられてきたことで、いいことなんてほとんどなかったことが原因かもしれないけれど。

私は若村先生と向き合っていた。告げられたのは、やっぱりいいことではなかった。

若村先生はカルテを見ながら耳に触っている。

「そろそろ強い薬を使った方がいいと思うんだよね。来週半ばくらいにはベッドが空くからさ」

「そっか、いよいよ入院か。ま、しょうがないよね」

「毎日僕に会えるじゃん」

「えー」

私たちの会話は、まるで来週キャンプに行こうとでも言っているような明るさだった。次に入院したら、今度は副作用でもっと苦しむことになるだろう。ほんの少し生きる時間を延ばすかわりに私にはもうすぐ自由がなくなる。

「お母さんは？」

さりげなさを装うつもりだろうけど、かえって心配が全面に出てしまっている。

「東京に戻ってくるって。いいって言ってんのに全然聞いてくれない」

「いや、そりゃそうだろ」

母は京都を全面的に引き揚げて、生活も仕事も移す予定だった。京都での大きなプロジェクトを母は諦めたのだ。そして、東京に戻ってきたら、しばらく仕事を休んで私に付き添うつもりなのを私は知っていた。

「私は、私がいなくなった後のお母さんが心配なだけ。それからもずっと生きていかなきゃいけないわけだし。私のことより、もっと自分のことを考えててほしい」

先生は私が自分がいなくなった後の話を始めると、困った顔で黙ってしまう。言葉が見つからないのだ。私はそのたび自分が意地悪を言っているような気分になる。

「でね、今日は最後のわがままを聞いてもらおうと思って」

先生に花柄の封筒を渡した。ラブレターだと思ったかも。先生はやや緊張した様子で封を開けた。でも、中身はラブレターなんかじゃなく、私の決意表明だった。

今日から三泊五日でフィンランドのレヴィに行く。飛行機の便名、宿泊するホテル（もちろん去年のオーロラツアーの時と同じルドルフさんのホテルだ）を書いた一枚のメモが封筒の中身のすべてだ。

追い打ちをかけるように、パスポートとエアチケットも出して見せた。

「今日これから行ってきます。残った貯金ギリギリで行けるんだよね。まさにラストチャンスのオーロラ。最後にやっぱり挑戦してみようと思って」

若村先生は目を白黒させ絶句している。

「あ、お母さんには内緒」

「いや、でも、それは」

「大丈夫。今度は一人だし。入院までには戻ってくるから」

「そういう問題じゃなくてさ」

「死んでも行くよ」

若村先生に対してこんなに強い口調で物を言ったのは初めてだと思う。でも、今度こそ本当に最後の最後なのだ。譲る気はなかった。

「ここにきて、なんだか前向きになったんだ、私。恋……したからかな、ちゃんと」

悠輔と別れ、ヘルシンキから帰ってきた後は、人を傷つけてのうのうと残りの日々を生きているのが申し訳ないような気持ちが消えなかった。でも、今は悠輔に感謝している。

最後の最後まで精一杯生き抜くことに決めた時、一番やりたいことはやっぱりオーロラを見ることだと思った。フィンランドまで自分で行って、あの雪の中に立つ。今の私にとっては、それが最後の望みだった。そう思える勇気をくれたのは悠輔だった。

「……だったら、お母さんの許可をちゃんととれ。また心配かけるぞ」

それが先生の条件。私はわかったとうなずいた。

そこから先生は飲まなくてはいけない薬の確認、現地で具合が悪くなった時に連絡する病院と医師の名前をプリントアウトして渡してくれた。

「いいか。具合が悪くなったら、絶対に無理せずにまず僕に電話するんだよ。日本が何時かなんて関係ないからね」

注意事項を聞いていたら、キリがない。

「はいはい、わかりました」

でも、認めてくれたことは本当にありがたいと思って、私は立ち上がる前に先生の手をしっかり握った。先生も握り返してくれた。

「きっと見られるよ」

病院を出たところで、母に電話をかけた。

俺はガラス工房を出るとタクシーを拾い、病院へ向かった。自分が情けなかった。両親を亡くした時、妹と弟を守ると決めたのに、なんなんだ、これは。浩輔にもしものことがあったら、俺は自分を許せなくなるだろう。

病院までの時間がやけに長く感じた。何度もスマホを確かめる。どうして初美は返事を寄越さないんだ。

浩輔の通う中学から一番近い総合病院にようやく到着した。病院は好きじゃない。両親が運び込まれた時の記憶がフラッシュバックしてしまう。あの日のことに重ねてはいけないと思いながら、ロビーに駆け込んだ。

いくつも並んだベンチのひとつに初美と並んで座っている浩輔を見た時には、安堵のあまり倒れそうだった。

「大丈夫か？」

「あ、お兄ちゃん」

初美がのん気な声を上げる。

「大げさなんだって。別に大丈夫だし」

「なにが大げさよ。あんた、さっきまでピーピー泣いてたじゃん」

「泣いてねえよ」

「泣いてたよ。ほら、赤くなってる。大丈夫？　コウちゃん」

「うるさいな」

いつものケンカが始まり、俺はホッとして、浩輔にゲンコツを食らわせた。

浩輔はテニス部の練習中にボールを追いかけて側溝にはまり、足首の骨にヒビが入ったのだった。しばらくは松葉杖生活になるが、すぐに元通りになる。

「おまえ、心配かけんなよ」

「わかってる」

それは浩輔ではなく、少し離れたところから聞こえた女性の声だった。聞き慣れた、懐かしい声……。

見ると、そこに美雪がいた。白衣を着た医師と話をしている。いつかカフェで美雪と親しげに話していた男だ。

「くれぐれも無理はしないこと。薬必ず飲んで。で、あと、どうしようもない時には救急車呼んで」

「ハイハイ。大丈夫。幸運を祈ってて」

「何かあったらすぐ連絡するんだぞ」

「はい。じゃ、行ってきます」

美雪は、見覚えのあるスーツケースを引いて歩き出した。

薬は必ず飲む？　なにかあったら救急車を呼べ？

どういうことだよ。心の中でずっとひっかかっていた何かが警鐘を鳴らす。

初美が怪訝そうに俺を見た。

「どうしたの？」

「悪い。おまえら、先帰ってて。悪い」

俺は一万円札を初美に握らせると、駆け出していた。一瞬美雪を追うべきなのか迷った。だが、さっきの医師に話を聞くと決め、俺はあたりを見回した。

いた。白衣の後ろ姿に向かって駆け寄った。

「あの！」

「なんでしょうか？」

医師は怪訝そうに俺を見た。

「すみません。平井美雪さんのことで、お話があります」

「あなたは？」

「綿引悠輔といいます」

「悠輔って……あ、一緒にフィンランドに行った？　恋人っていうか……」

「はい。お願いします。教えてください。彼女は……どこか悪いんですか」

医師は困ったように俺を見た。俺は何度も頭を下げた。美雪がなぜ俺を選び、そして俺を遠ざけたのか、どうしても知りたい。この人なら知っている。

「そうか、君が悠輔君か。困ったな。とにかくここじゃなんだから」

そう言って少し待っていてほしいと案内されたのは、カウンセリングルームとかいう部屋だった。ガラスのケースに入った赤いバラがテーブルの真ん中に置かれている。見ていてもなぜか心は動かされない花だった。

十分後、医師は戻ってきた。若村と自己紹介してくれた。

「それで、彼女のことなんですが」

「僕は医者だ。守秘義務があってね、申し訳ないけど、美雪ちゃんの個人的なことは一切話せないんだよ」

「でも、俺、いや私とフィンランドに行ったことはご存じなんですよね。彼女が恋人契約をしていたことも」

「ああ、まあ、それは聞いてるよ」

「前に先生と彼女が二人で外で会っているのを見ました。あの、先生と彼女は……その個人的な――」

「あくまでも医者と患者だよ。もちろん長い付き合いだから、お互い気心はしれてるけどね」

「だったら、どうして恋人契約なんて言い出したのか、ご存じなんですよね」

若村医師はため息をついた。どうしてもそこは避けて通れないんだよなあと言いながら、抱えていたノートパソコンを開くと、操作を始めた。

「じゃあ、いいですね。彼が悠輔君です」

ノートパソコンに向かって話していたが、次にパソコンを俺の方に向けた。

画面の中には、美雪によく似た女性がいた。

「もしもし、聞こえますか。私、美雪の母です。はじめまして」

この人が礼子さんなのか。俺は戸惑いながら挨拶を返した。そこから俺と礼子さんはスカイプを通して話をすることになった。

「私もさっき美雪から電話もらって、驚いたの。本当に無茶よね。これからフィンランドに行くなんて」

「ち、ちょっと待ってください。彼女、フィンランドへ行ったんですか。もしかしてオーロラを見に？　どうしてなんですか。彼女、一体なにを抱えてるんです」

礼子さんが画面越しに俺を見つめた。

「美雪が最初で最後の恋の相手になんであなたを選んだのかわかるわ」

「最初で最後……？」

最初というのはまだわかる。でも、最後ってなんなんだよ。

「あの子はね、もう長くは生きられないの」

声を失った俺に、礼子さんは美雪の病気のこと、去年の冬、あと一年の命と言われ、最後の願いだった恋をしようとしたことを話してくれた。

「……それで俺を恋人に？」

「あの子が声に出して、欲しいものを欲しいっていうのは、本当に勇気が必要だったと思うのよ」

百万円と引き換えに一カ月でいいから恋人になってほしいと言うことが、彼女にとってどれほど大きな意味があったのか、俺は知らなかった。

知らないうちに握りしめていた拳が震えていた。なんて重たい荷物を背負っていたんだ。

あんなに細い体で。

「君は、去年の冬、ひったくりに遭った彼女を助けてあげただろ。その時、君が言ったんだ。声を出せって。だから彼女は一生分の勇気を出したんだよ」

若村先生が言った。

「去年の冬……」

「橋の上で、君はクリスマスツリーを抱えていた」

思い出した。あの時、なんてはっきりしない子なんだともどかしくて、俺は確かに助けてほしいなら声を出せと言った。

あれが美雪だった？

「美雪ちゃんはここにいる」

俺の目の前に一枚のメモが差し出された。フライトナンバーとホテルの名前が書いてある。美雪の字だ。

「悠輔君。あの子、オーロラが見られても見られなくても、帰ってきたら入院するの。もう家には戻れないかもしれない。それくらい悪いの。あなたと一緒にフィンランドに行けて、その思い出だけで過ごせる。でも、自分には思い出が残ったけど、あなたを傷つけたってずっと気にしてた。でも、あなたに本当のことを言えば、きっとそばにいてくれたでしょ。あの子はあなたにつらい思いをさせたくなかったの。ごめんなさいね」

礼子さんの声は震えていた。俺はもうじっと座ってなどいられなかった。

ガタン。椅子が後ろに倒れた。

「すみません。俺……俺……失礼します」

俺は病院を飛び出した。

時間を巻き戻したい。なぜ美雪がこれでもう思い残すことなどないと言ったのか、その意味がわかった今、ものすごい焦燥感に襲われた。なにも知らなかった、知ろうともしなかった自分が悔しくて、情けなくて、俺は叫んだ。

レヴィは今年も変わらなかった。雪は去年より少し多いだろうか。

ひと晩を過ごしたが、オーロラを見ることはできなかった。こっちがいくら最後だからって、何万光年も彼方から旅してきたオーロラに比べたらちっぽけなことなんだよなと思う。

私はホテルの部屋で横になっていた。去年は昼間の森も見てみたいと少しは雪の中に出ていくくらいの元気はあったのに、今はここまでたどり着くのがやっとだった。あまりにも静かだった。寂しさがひしひしと押し寄せてくる。オーロラを見たいという浮き立つ心と裏腹にやっぱり自分の弱さを感じてしまう。心細い。

私はスマホに手を伸ばし、母にかけた。呼出音が聞こえる。

病院を出てすぐに電話してフィンランド行きを告げた時、母は意外にも怒らなかった。

「あなたが決めたんならお母さん、もうなにも言わない。気が済むまで見てきなさい。そのかわりもう『最後だから』なんて言うのはやめて」

母の声は涙が混じっていた。私はなんて親不孝な娘なんだろう。

「美雪？」

たった一日離れていただけなのに、もう母の声が懐かしく感じる。

「お母さん……まだ見れないよ」

「そう……見られるよ、きっと。オーロラは間違いなく空にいるの。あなたがそこにいるってことが大事なんじゃないの？」

「やっぱり？　そう思う？　私もそんな気がしてきた」

「体、大丈夫？」

「大丈夫、ちゃんと食べてるから。怒ってる？」

「怒ってるに決まってるでしょ」

　でも、その声は限りなく優しい。

　花火の夜に叱られたのが今までで一番こたえた。それも全部懐かしい。

「……お母さんにはあんまり怒られなかったから、ちょっと嬉しいかも」

「バカね……」

　母の声が少し震えていた。

「じゃあ、切るね」

「うん。頑張って」

　私は少し気持ちが軽くなって、電話を切った。そうだよね。私はここまで来た。どうしても見たかったオーロラ。昔の私だったら、どうせ無理と決めつけて、行動を起こすこともなかったと思う。

悠輔のおかげだ。悠輔に恋したから。


ヘルシンキの空港には三時間遅れで到着した。前日の少し前、美雪はここに降り立ったはずだ。

ところが、ここからが違った。ちょうどスキーシーズンで、ワールドカップの会場になるほど本格的なスキーの本場であるレヴィへの国内線は満席でとることができなかった。俺は空港から鉄道を使ってヘルシンキ中央駅へ向かい、そこから陸路北へ向かうルートをとるしかなかった。

走りながら初美に電話をかけた。

「もしもし、初美？　今無事に着いた。急いでるから切る」

家族がきちんと目的地に着くかどうかは、交通事故で両親を亡くしている俺たちきょうだいにとっては大事なことなのだ。

「お兄ちゃん、お兄ちゃん」

切ろうとした時、初美が呼びかける。

「声出せよ、声」

「声出していこうぜ！」

浩輔までが電話の向こうで叫んでいた。その言葉は、改めて俺の決意を新たにした。

美雪に会えたら、もう二度と離さない。

列車は中央駅に到着した。乗り換えの列車に急ぐ。プラットホームを俺は全力で走り、北へ向かう夜行列車に飛び乗った。

列車はすいていた。俺は窓の外を流れる景色を見ている。美雪が隠していた秘密を知った今、彼女と出会ってからの事柄ひとつひとつの裏に秘められた気持ちを考えた。美雪は幼い頃からいろんなことを我慢してきた。二十一年の人生でたったひとつの望みが恋をすることだなんて、あんまり悲しいじゃないか。なのに、俺は彼女の心にちゃんとこたえてやることができなかった。なんて小さい男なんだ。

列車は街を抜け、雪で覆われた森を抜けて走る。ときどき光って見えるのは湖だ。フィンランドは本当に美しい国だ。美雪が愛した理由がよくわかる。光る湖を見ているとガラスを連想し、来る直前の樹下さんの言葉が思い出された。

フィンランドまでの旅費を貸してほしいと、事情を説明し、頭を下げた俺に樹下さんは言った。

「彼女の人生、命、全部まるごと引き受ける覚悟がないなら、やめとけ。そのかわり行くからには、最後まで徹底的に寄り添え」

俺が黙ってうなずくと、樹下さんは封筒を滑らせて寄越した。頼んだ金額よりはるかに多く入っている。

「多いです。こんなには」

「持っていきなさい。なにがあってもいいように」

奥さんの言葉はあまりにもいろんなことを含んでいる気がして、俺は素直に受け取った。そして今こうして夜行列車に乗っている。

やがて窓の外に夕闇が迫り、時折雪が吹きつける。だが、列車は遅延もなくひたすらに走った。

午前十時過ぎ、終着駅に到着した。ここが目的地への最寄りの駅なのだが、ここからまだ五十キロくらいはあるはずだった。そして、俺は自分の考えの甘さにすぐに気づかされた。駅に降りれば、路線バスかタクシーがあるだろうとたかをくくっていたのだが、駅前だというのになにもないのだ。バスやタクシーどころか、人影すらない。俺は焦った。

　まぶしいくらいの晴天ではあったが、吹きつけてくる風は強烈に冷たい。改めてここはラップランド、北極圏なのだと実感させられた。

　俺は走り出した。少し行けば国道だ。そこで通り掛かる車をつかまえてヒッチハイクするしかない。

　道路はかろうじて除雪してあるものの、道路と側道の境目がわからない。森を切り開いた道路は広くてまっすぐで、有事の際には滑走路がわりになるといつかテレビで見た気がする。今は俺自身が有事だ。

　どうしてこんなに車が通らないんだ。たまに通るのは、巨大なタンクローリーとかそんなものだけで、なぜか普通の乗用車が来ない。いや、正確には五台くらい通ったのだが、まるで俺なんて見えないかのようにスルーされた。焦りの気持ちが前面に出すぎて怪しく見えるのだろうか。だが、諦めるわけにはいかなかった。

　車が来るのが見えた。

「おーい！　止まってくれ！」

大型トラックは俺のことを嘲笑うように雪を巻き上げ、俺は頭から雪まみれになった。さらに続けて乗用車が二台来る。俺は慌てて手を振る。親指を立てて下に向ける映画で見たヒッチハイクのジェスチャーもやってみた。だが、やっぱり素通りされた。まいった。歩いていくしかないのか。そう思った時、クラクションが鳴った。

振り返ると、古ぼけた赤いRV車が停まっていた。

「ヘイ！」と、運転していたじいさんが、たぶんフィンランド語であろう言葉で俺に何か問いかけている。俺はカタコトの英語で必死に「レヴィ！　レヴィに行きたい！レヴィ」ととにかくレヴィを連呼した。

すると、じいさんは「レヴィ？」と問い返し、うなずくと乗れと示してくれた。俺は後部座席に乗り込んだ。

車の中はホッとする暖かさだった。たちまち手袋を外した指先に血が通い、じんじんし始める。俺は自分がどれほど冷えきっていたのか初めて気づいた。

「キートス」夏に覚えたありがとうの一言を言うと、じいさんはフィンランド語でさらに質問をぶつけてきた。質問だと思うのは、語尾が上がっているからで、なにを聞かれているのかは全くわからない。でも、俺は今までのことを話し始めた。じいさんに聞いてほしいというより自分自身で気持ちの整理をしたかったんだと思う。

「恋人がレヴィにいるんだ。まさかあんな秘密抱えてるとは思わなくてさ。美雪は命に関わる病気だった。あの消えちまいそうな細さやときどきフッと気分が悪そうな顔をした時になんで俺はしつこく聞かなかったんだ。俺はなんてバカだったんだ。今ならそう思う。

今美雪はレヴィにオーロラを見るためにいる。それが最後の願いだからっていうんだよ。そんなのあんまりじゃないか。あいつが死ぬなんて俺は認めない。会ったら、どんなに嫌がられても、もう二度とそばを離れない。そう決めてここに来たんだ」

日本語など通じるはずもなかったのに、じいさんはうんうんとうなずきながら聞いてくれた。

車は真っ白で真っ直ぐな道をひた走っていった。


私は部屋を出て、レストランへ向かった。食欲はあまりないけど、このホテルのサーモンシチューはとてもおいしい。夜に備えて少しでも食べなければ。

ランチとディナーの間の中途半端な時間帯だったせいか、ホテルのレストランには他のお客さんの姿はなかった。この時間は皆スキーに行ったり、近隣の町に買い物や観光に出掛けるからだ。

「ハーイ、ミユキさん。ラピンタイカの魔法、効いたのですね」

声をかけてきたのは、ルドルフさんだった。彼の言った通り、私がまたここに来ることができたのはラピンタイカの魔法のおかげかもしれない。

ルドルフさんはいたずらっぽい顔になった。

「今森の中にエルフの里をつくっています。見たいですか？」

「見たいです！」

私は即答していた。エルフとは妖精のことだ。もともとこの森には、あちらこちらにとてもリアルにつくられたエルフの人形が飾ってあって、散歩をしている時に出くわすと、本当に生きているんじゃないかと驚くことがあった。

ルドルフさんはスノーモービルの後ろに私を乗せると、ゆっくりと進んでいった。野原は一面白銀の世界だが、森の中で雪に覆われることのない木の幹や小屋が彩りのアクセントになっている。

ルドルフさんは、巨大な岩の前でモービルを停めた。

「ここ、秘密基地になります。まだオープンしてません。ミユキさんにだけ特別に見せてあげます」

「いいんですか。嬉しい」

巨大な岩だと思ったものは、ドーム型のエルフの家だった。一歩入って、私は驚いた。

中は洞窟のようになっていて、エルフの家、鍛冶場、炊事場があったかと思うと、キツネの親子がいたり、ヒツジと羊飼いがいたりする。巨大な虫のようなお化けもいれば、悪魔がいるコーナーもあるといった具合で、幼い子供じゃなくてもワクワクする一大アトラクションだった。

「すごいですね。こんなのがあるなんて知らなかったです」

「完成まではまだまだです」

職人が数人黙々と働いていた。ほとんどでき上がっているように見えるのに、オープンまでまだ一年近くかけるのだという。

「完成したら来てくださいね」

ルドルフさんの言葉に私は軽く微笑むしかなかった。オープンする頃には、私はもう……。でも、今見ることができてよかった。やっぱり思い切って来た甲斐があった。思い切って一歩踏み出すと、こうして世界が広がり、素敵なことが起きる。

ホテルに戻る雪道をルドルフさんと並んで歩きながら私は話をした。

「私が好きになった人が、声を出せって言ったんです。欲しいものは声に出して言わなきゃ伝わらないって。声を出していけって」

ルドルフさんは少し考えて言った。

「それは祈りと同じですね。叶えたい願いを言葉にする。強く思うのが祈りです。言葉にすることからすべては始まります。きっとその人はあなたに希望を持ってほしかったんじゃないでしょうか」

橋の上で怒鳴られた時に、悠輔がそこまで考えていたとは思えない。でも、言葉にするってすごい。悠輔にあの日あんなふうに言われたから、全部が始まったんだもの。

部屋に戻って、父からもらったオーロラの写真を取り出した。光に透かし、空に本物のオーロラが現れたところを想像した。

「見たら幸運が訪れる」

言葉にして、声に出してみた。そして、私は心の中に本当の願いが言葉になってわき上がってくるのを感じていた。

　本当の願いは、オーロラを見ることじゃない――。

　俺は日本語で、じいさんはフィンランド語でそれぞれ勝手に自分の思いを話しながら、ドライブは続いていた。じいさんはときどき懐かしそうな顔をしたり、悲しそうな顔をしたりして身振り手振りを交えて俺に何か語り続けた。なんとなく家族の、それも奥さんの話じゃないかと俺は思った。じいさんの穏やかな声は、焦って自分を責める気持ちと美雪を案じる気持ちで爆発しそうだった俺をなだめてくれた。身振り手振りのたびにハンドルをおろそかにして、こっちを振り返るのはやめてほしいが。

　じいさんがまた思い出したようにこっちを見てなにか話し出した。俺は前を見ていて、アッと叫んだ。

「前！　前！　鹿！」

　大きな黒っぽい塊が森から飛び出してきた。ハッとしたじいさんがハンドルを切る。車はガガガッと音を立て、道路脇に突っ込んで、斜めになって止まった。

「大丈夫か！　あ、アーユーオーケー？」

悪態をついているところをみると怪我はなさそうだった。じいさんが怒鳴る視線の先を見て、俺は息を飲んだ。道の反対側にいたのはやけに大きなトナカイだったのだ。もちろんヤツは傷ひとつない。きょとんとした目で俺たちを見ると、サッと身をひるがえし、森の中へ消えていった。たしか美雪がたいていのトナカイは野生じゃなくて飼い主がいると言ってたな。放し飼いもいいが、ちゃんと管理しておいてくれよ。

俺たちは車の外へ出た。完全に車は道路から落ちて、押してもびくともしない。じいさんはどこかへ電話をかけ、激しい口調でやりとりしている。そして、電話を切ると、もう一度コールした。今度は出た相手に打って変わって優しい口調で話しかけている。心配するなと言ってるように見えるから、きっと奥さんなのだろう。

なんとか車を動かせないかと見て回っていた俺のところにじいさんがやってきた。身振りで道路の方を指さしている。別な車で行けと言っているのだ。俺は首を振った。こんな状況で好意で乗せてくれたじいさん一人置いて自分だけ前へ進むなんてできるわけないだろ。それにロードサービスに電話したのだから、すぐに助けは来るだろう。

だが、俺は冬のラップランドをなめていたことにまた気づかされる。ロードサービスは待てども待てども一向に来る気配すらなかった。

一度だけじいさんの知り合いらしき車が停まってくれたのだが、状況を見ると、どうしようもないというふうに肩をすくめた。そもそも相手もじいさんと同じくらいの老夫婦だ。力仕事なんて頼んだら、ひっくり返ってしまいそうだった。それでもサンドイッチとコーヒーを分けてくれたのは助かった。考えてみれば、飛行機の中で食べた機内食が最後の食事だった。あれだってほとんど喉を通らなかった。

「うまい……」

サンドイッチには薄切りした肉とサニーレタスとチーズが挟んであった。ことさらにうまく感じたのは、人の優しさが詰まっていたからかもしれない。そんな俺にじいさんはウインクして、その肉はさっき逃げていったトナカイだというようなことをゼスチャーを交えながら教えてくれた。

それから二時間。俺はじいさんの家族の名前をすっかり覚えてしまった。古い携帯電話には、優しそうな白髪のおばあさんと娘夫婦と孫と、飼い犬のロッドとウサギのミニーの画像が入っていて何枚も見せられた。

俺も両親はないこと、弟と妹と三人で暮らしていることやガラス作家になりたいことまでしゃべった。どこまで通じていたのかはわからないが、しわだらけの優しい顔でうんうんとうなずいてくれるだけでよかった。

　ようやくロードサービスが到着した。若くてたくましい二人の係員はさすがに手慣れている。ジャッキで車を持ち上げ、チェーンのついたフックを取り付けると、あっという間に車を水平にし、車道に戻した。この時期はトナカイが飛び出したり、道路と森の境目が雪に覆われてわからなくなったりして、乗り上げたり側溝に落ちたりする車が後を絶たないらしい。

　さあ、急ごうとばかりにじいさんは俺に車に乗れと促した。やっとレヴィに行ける。


　夕方近くなり、部屋で本を読んでいることにも飽きて、ロビーまで行ってみた。ロビーといっても、大きな応接間のようなこの空間が私はなんだか好きだった。

　暖炉の前で金髪の男の子がお土産コーナーで買ってもらったばかりの絵本をお母さんに読んでもらっていた。『黄色い服のエルフの物語』という絵本だ。私も子供の頃、父の膝で何度も語って聞かされた話だ。

　黄色い服を着たエルフの女の子が、外の世界ではなにが起きているのかを知るためにふるさとを飛び出して、世界じゅうを冒険して回るお話だ。私も彼女が見たものを想像してはわくわくしたものだ。男の子も何度も絵を指さし、お母さんを見上げ、しきりに何か話しかけている。

いいなあ。私もあんなふうに子供を膝に乗せて物語を読んであげたりしたかったな。きっと以前の私だったら、叶わなかった願いを思って泣いてばかりいただろう。自分は不幸だと背中を丸めて、こんなもんだよねと拗ねていたはずだ。

でも、今は違う。死ぬのは怖いけど怖くない。うまく説明できないけど。男の子と目が合った。私は微笑んでみせた。

今夜は二度目のオーロラチャレンジ。体はひどく重たい。少しだけ眠っておこう。薬も飲まなくては若村先生に叱られてしまう。私は立ち上がって部屋に向かった。


真っ直ぐで広かった道は、いつの間にか道幅が狭くなりカーブが続くようになっていた。俺はいつまたトナカイが飛び出すんじゃないかと、相変わらず陽気におしゃべりを続けるじいさんのかわりに左右に目を配っていた。

レヴィのどこまで行くのかと聞かれ、美雪が滞在しているはずのホテルの名前を告げると、どうやらかなりはずれの方らしい。

じいさんは少し先に見える分かれ道を指さした。あそこを曲がっていった先にあると言ってるようだった。

車はやっと対向車とすれ違えるかどうかという細い道を入っていった。突然じいさんが何か叫んだ。英語でいうところのオーマイゴッドの類だったと思う。俺は前方に目を凝らした。黒いバンが停まっていて、運転手らしき中年の男性が外に出て携帯電話で何か話していた。じいさんが車から降りた。俺もすぐに後に続く。じいさんは電話を切った男性に何かを尋ねた。男性は車の前方を指さした。大きな木が横倒しになっていた。

これじゃ絶対に車は通れない。この木を動かすのもそれなりの重機がいるはずだ。もう少しだというのに……。

じいさんが気の毒そうに俺を見た。

「ありがとう。ここまで連れてきてくれて感謝してるよ。ばあちゃんによろしくな。あとは自分で行く。ありがとう。サンキュー。キートス!」

俺はじいさんに言うと走り出していた。倒れた木を越え、その先へ。じいさんが叫ぶのが聞こえる。たぶん無茶だとかそんなことだろう。でも、俺はなんとかなると確信していた。

　美雪。美雪。君に早く会いたい。

　あたりが薄闇に包まれた頃、私はオーロラ観測スポットに立っていた。見上げる空には、吸い込まれそうな夜空が広がっている。雪の白さで夜でも完全な暗闇にはならない。

　周りには誰もいなかった。今夜はロヴァニエミでクリスマスイベントがあるらしく、多くの人が出掛けていた。オーロラを見るために来た人たちも、途中の観測ポイントで見ることになるらしい。ルドルフさんにも勧められたけれど、私は丁重に辞退した。これからバスに揺られて遠くまで行ってイベントを楽しむ体力はなかった。

　マイナス二十度。冷気はダウンジャケットなんて簡単にすり抜けて私の体を締めつける。

　ふいに錐(きり)で刺されるような頭痛に襲われた。立っていられないほどの痛みに、私は膝をついた。あまりの痛みに息が苦しくなってくる。ポケットに入れた痛み止めを取り出し、口に含んだ。

いやだ。まだ帰りたくない。諦めたくない。

グーグルマップに従ってとにかく走った。方向は間違ってない。雪はブーツの中まで入り込んで足を冷たく濡らす。そんなことにもかまわず俺は道を急いだ。あたりに人の姿はまったくない。ときどきギャッという声がして鳥が飛び立ち、高い枝の上から雪がバサリと落ちた。

スマホを取り出し、方向を確認しようとして、バッテリー切れになっているのに気づいた。まずい。もし今雪が降り出し、道を見失ったら、間違いなく遭難する。今さらながら自分が無謀なことをしていると自覚した。もし遭難したら死ぬ可能性だってある。

死ぬ？　自分にそんな危険があるかもしれないと思った時、俺は心底怖いと思った。だったら美雪はどうなんだ。美雪は一体どんな思いで病気を受け止めてきたのだ。俺がもしあと一年の命と言われたら、あんなに明るくいられるだろうか。絶対に無理だ。暗闇が迫ってきた。方角は間違っていないはず。足を早める。この道の先に美雪がいる。

美雪がオーロラを見ることができるように。

それは今や俺自身の願いになっていた。


薬が効いてきたのか、痛みは少し収まった。

「これのおかげかな」

私はポケットから悠輔にもらったペーパーウェイトを取り出した。私のお守り。透き通ったガラスに夜空が映る。

私は立ち上がり、夜空を見上げた。夜の色が濃さを増す。さすがに心細くなってきた。

「声だよ、声。……声出していこう」

私の本当の願いはオーロラを見ること……じゃないと、今ここに来てわかった。

私は夜空に向かって声を上げた。

「悠輔！　悠輔！　会いたいよー！　悠輔のことが大好きなんだよ！」

大声で思い切り叫んだ。誰に聞かれたってかまうもんか。

それが本心。なんで別れちゃったんだろう。会いたくて会いたくてたまらない。

悠輔が好き。別れてから……ううん。橋の上で出会ってから、一日だって彼のことを考えない日はなかった。

「なんだよ」

なつかしい悠輔の声が聞こえた気がした。ウソだ。まさか。

振り返るとそこに——悠輔がいた。

会いたい気持ちが強すぎて、ついに幻が現れてしまった。

悠輔の幻はどんどん近づいてくる。私は動けない。

「……なんで？」

私の声は震えている。幻がどうしてしゃべるの。

「恋人だろ」

「でも、もう……」

恋人契約は終わってしまった。悠輔の人生から私は消えたんじゃないの？

「おまえ、俺に黙ってただろ」

黙ってたって、病気のこと？　それに、今おまえって言った？

「そんなの恋人じゃねえだろ。やり直しだよ」

私は声が出ない。やり直しって、恋人としてってことなの？　もう一度悠輔の恋人になれるの……？　私が答えずにいると、悠輔はぶっきらぼうに言った。

「わかったのかよ」

乱暴な言い方だけど、それは彼が最高に照れてる時のクセだと私は知っている。

「……今度はいつまで？」

「俺たちが生きてる限り、ずっとだ」

私はやっぱり声が出ない。

「文句あんのかよ？」

私は首を横に振る。何度も何度も。文句なんてあるわけない。

あれほど会いたかった悠輔が私にどんどん近づいてくる。

そして、私は悠輔の腕の中にいた。二人とも体は冷えきっていたのに、抱き合った瞬間から温もりが生まれる。

「ありがとう……」

私は心から言った。そして、悠輔が本当に目の前にいることを自分の目で確かめたくて顔を見上げた。

悠輔も私を見た。そして、私が握りしめていたガラスのペーパーウェイトに気づいた。

「これ……」

「私の宝物」

フッとガラスの表面が揺らいだ。緑色の光が灯ったのだ。私は空を見上げた。オーロラだった。こんなに大きいんだ。こんなに美しいんだ。風に揺れるカーテンのように揺れて輝いて、まるで生き物のようだった。

悠輔は私の肩を強く抱いてくれた。悠輔の気持ちが伝わってくる。そして、それにこたえるように緑色の光は一層大きく広がり、そして赤く染まった。

赤いオーロラだった。

私にとって最高の幸せの象徴。かつてノートに書いたあの願い。

——二人で一緒にオーロラを見る。無理かなぁ……これは。できれば赤希望ちゃんと言葉にして、声に出したら叶うんだね。これは奇跡じゃないよね。

私たちはなにかとてつもなく偉大で神々しいものに包まれている。そんな気がした。

悠輔がフッと優しい目になった。そして私たちはキスをした。

好きだよ、悠輔――。

美雪を腕に抱いた時、溶けて消えてしまいそうなくらいのはかなさに胸が震えた。

こんな体でここまで来たのか。

俺のつくったガラス細工を宝物だと言った。いとしさとせつなさが込み上げてくる。樹下さんに言われた俺にとっての宝物は、美雪だ。美雪を思う気持ちだ。今わかった。

俺はただ声もなく美雪を抱き締めることしかできなかった。

その時、あいつが現れたのだ。オーロラが。圧倒された。あんなに大きくて、あんなにも美しいものだとは思わなかった。空一面が別世界になった。

そして、あの赤。空が燃えるような赤。

俺たちはオーロラが消えて見えなくなるまで抱き合ったまま空を見上げていた。

この夜のことを俺は死ぬまで忘れないだろう。

あのオーロラの夜から、一年が過ぎた。私はまだ生きている。

あれから私たちはホテルに戻った。ルドルフさんは、突然現れた私の恋人に驚き、そして祝福してくれた。それから私たちは朝まで話し込んだ。

眠るのが怖かった。目が覚めた時に悠輔がいなくなっているんじゃないかと。

でも、そんな心配は必要なかった。

そして、東京に帰った私はすぐに入院した。悠輔は毎日お見舞いに来てくれた。

こんなにも幸せなのに、病気は待ってくれなかった。何かにエネルギーを吸い取られるように、ひどいだるさと痛みで私は間もなく起きていられなくなった。

「次の治療をするとね、副作用で私、ボロボロになるの。髪の毛だって抜けちゃうかもしれない。顔だってむくんじゃうかもしれない。そんな姿見られたくないよ」

悠輔は怒った。

「それがなんだよ。美雪は美雪だろ。約束しろ。どんな姿になっても生きるって」

荒っぽい言葉と裏腹に、悠輔が涙をこらえているのがわかった。

この人と生きたい。この人のために生きたい。それが頑張る原動力になった。

厳しい治療に私は耐えた。強い薬を入れた後の副作用は私を打ちのめす。けれど、私はもう少しだけ悠輔と一緒にいられる時間を手に入れた。

若村先生に宣告された命の期限を超え、私は夏から秋を乗り越え、悠輔と出会って二度目の冬を迎えることができた。

今、私はVOICEに来ている。今日は私だけのためにお店は貸し切りだ。ここにいるのは私と悠輔だけ。

私はもう自分の足では立つことができない。たぶんこれが最後の外出。

どうしてももう一度ここに来たかった。悠輔が働くこの場所に。

カフェラテのカップってこんなに重たかったっけ。ミックスベリーワッフル、ひとくちしか食べられなくてごめんね。でも、おいしい。悠輔、腕を上げたね。

悠輔のガラスの作品、全部売れちゃったんだね。新しいのをつくってほしいのに。ごめんね。私が悠輔の時間を独占してるから。

「あ、雪……」

いつの間にか窓の外には雪が舞っていた。

「初雪」と悠輔がそっと言って私を見た。

なにも言わなくても、外へ出たいのだとわかってくれる。

悠輔は車椅子から私を抱き上げると、テラスに出た。

雪は後から後から降ってくる。今夜は積もるかもしれない。

ああ、幸せだ。

もう死んでもいいくらい幸せだと思った人だけが、本気で死にたくないって思うんだね。

「ねえ、悠輔。なんだか私、長生きしちゃいそうな気がする」

悠輔は笑って私を優しく抱き寄せた。

温かい毛布のような眠気が私を包み込む。

私は愛する人の腕の中でそっと目を閉じた。

まぶたの奥で赤いオーロラが揺らめいているのが見えた。

花びらのような雪がひとひら私たちの間に落ち、そして溶けた。

初めて会った日と同じように。

本書は、映画「雪の華」の脚本をもとに書き下ろしたものです。原稿枚数308枚（400字詰め）。

幻冬舎文庫

●好評既刊

どうしてあんな女に私が

花房観音

一人の醜女が起こした事件が火をつけた女達の妬み、嫉み。――どうしてあんな女に私が負けるのか。その焦りが爆発する時、女達の醜い戦いが始まる。男、金、仕事……女の勝敗は何で決まる？

●好評既刊

ビューティーキャンプ

林　真理子

苛酷で熾烈。嫉妬に悶え、男に騙され、女に裏切られ。選りすぐりの美女12名から1人が選ばれるまでの運命の2週間を描く。私こそが世界一の美女になってみせる――小説ミス・ユニバース。

●好評既刊

あの人が同窓会に来ない理由

はらだみずき

同窓会の幹事になった宏樹は、かつての仲間たちの消息を尋ねることに。クラスの人気者、委員長、落ちこぼれ……。だが、それぞれが思い出したくない過去や知られたくない現状を抱えていた。

●好評既刊

一生使えるクローゼット・ノート

槇村さとる

おしゃれ大好き買い物大好きの漫画家による服にまつわる悲喜こもごもの漫画エッセイ。ストールのベストな巻き方は？　旅先で大活躍の超小型軽量ドレスセットとは？　など、ノウハウも満載。

●好評既刊

痛い靴のはき方

益田ミリ

イヤなことがある日も、ない日も、さいごは大好物のサバランや、トラヤカフェのかき氷で終わらせれば元気がむくむく湧いてくる。かけがえのない日常をつぶさに掬い取る、極上のエッセイ集。

雪の華

岡田惠和・脚本　国井桂・ノベライズ

平成30年12月25日　初版発行
平成31年1月20日　2版発行

発行人――石原正康
編集人――袖山満一子
発行所――株式会社幻冬舎
〒151-0051東京都渋谷区千駄ヶ谷4-9-7
電話　03(5411)6222(営業)
　　　03(5411)6211(編集)
振替00120-8-767643
印刷・製本―中央精版印刷株式会社
装丁者――高橋雅之

幻冬舎文庫

ISBN978-4-344-42826-3　C0193　お-54-1

幻冬舎ホームページアドレス　http://www.gentosha.co.jp/
この本に関するご意見・ご感想をメールでお寄せいただく場合は、
comment@gentosha.co.jpまで。